意林

公元 787 年，唐封疆大吏马总集诸子精华，编著

意林：始于公元 787 年，距今 1200 余年

U0580613

青春变形季

QING CHUN BIAN JI

最怕你胸怀大志，
却又虚度光阴

沈嘉柯 ⌛ 著

上海文艺出版社
Shanghai Literature & Art Publishing House

图书在版编目（CIP）数据

最怕你胸怀大志，却又虚度光阴 / 沈嘉柯著. —— 上海：上海文艺出版社，2020
ISBN 978-7-5321-7380-8

Ⅰ.①最… Ⅱ.①沈… Ⅲ.①散文集－中国－当代
Ⅳ.①I267

中国版本图书馆CIP数据核字(2019)第199027号

发 行 人：陈　徵
主　　编：顾　平　杜普洲
责任编辑：陈　蔡
丛书策划：蔡　燕
特约策划：黄　磊
特约统筹：黄　磊
特约编辑：王　娟
封面设计：资　源
美术编辑：孔凡雷　李雪菲

书　　名：最怕你胸怀大志，却又虚度光阴
著　　者：沈嘉柯
出　　版：上海世纪出版集团　上海文艺出版社
地　　址：上海市绍兴路7号　200020
发　　行：上海文艺出版社发行中心发行
　　　　　上海市绍兴路50号　200020　www.ewen.co
印　　刷：河北盛世彩捷印刷有限公司
开　　本：880×1230　1/32
印　　张：7
字　　数：120,000
印　　次：2020年1月第1版　2020年1月第1次印刷
Ｉ Ｓ Ｂ Ｎ：978-7-5321-7380-8/I·5867
定　　价：39.00元
告 读 者：如发现本书有质量问题请与印刷厂质量科联系

第 一 章

别 放下你的野心，
也别辜负所有苦难

第二章

太 急没有故事，
太缓没有人生

第 三 章

先

熬得起冷暖自知，
才能被别人感同身受

第四章

只 有人生的超越，没有命运的安排

第五章

身　披星光，
　　一路向前

自己想要的，自己去得到（代序）

小时候我想买的是一个俄罗斯方块游戏机。这东西现在仍然有，是古董级电子产品，当时一个要一百多块钱，我一个月零花钱也不过三十多元。怎么办？我家附近开中医铺子的老头问我，反正你暑假那么长，放假了没事做，帮我收蝉壳怎么样？

夏天日光最明亮的时候，有些蝉就脱壳了。我逛遍了十几公里范围内大大小小的树林，举着竹竿粘那些棕黄色的透明蝉壳，脖子都酸了。我收集了一口袋，小心翼翼拿去换钱。加上攒了好久的零花钱，我总算去商场拿到了游戏机。我没玩多久就开学了，因为攒蝉壳，花了我一个多月时间。

我另外一个玩伴就比较惨了。他想要一套郑渊洁的十二生肖童话书。他家附近有个汽车配件工厂，于是他拎着塑料袋，戴着遮阳帽，冲到工厂倒出的炼铁废渣堆，又刨又捡。等到加起来卖了七八十公斤的废铁，他走进了新华书店的专柜。我去他家借书看时，他已经变成了小包拯，皮肤乌漆墨黑，并且严肃警告我，弄脏了童话书得赔偿新的给他。

还有一个玩伴就比较逗了，这个女孩子，路过商店，看中了一条红裙子，有点儿贵，家里不答应买。

　　她家开早点店，别的事情一时半会儿她也干不来，于是她学着包饺子，父母加给她对应的零花钱。到最后我们去她家吃早点，点一盘煎饺，目睹她在旁边的桌子双手翻飞，俨然绝顶高手，快如闪电。

　　后来我们约着一起去荷塘摘莲蓬时，她穿着凉鞋和一条嫩红的裙子。我必须承认，那天她是一个满脸骄傲又美丽的女孩。

　　在我们的少年时代，想要的是游戏机、童话书和漂亮裙子，达成理想的办法是攒蝉壳、拾废铁、包饺子。

　　可是我此时此刻，凭借文字记录当年，另有感受。

　　在小时候的那些暑假，我们费尽心思得到的东西有什么用？其实没什么用。我的游戏机被全家人抢着玩，太过辛苦报废了，后来还被我拆开研究了一番内部构造。玩伴的童话书被这个那个借去看，终于还是散佚了。不过他很享受那段时间在同学们当中，格外受欢迎格外吃香的感觉。

　　而女孩的裙子，年深日久褪色了，下落不明，说不定被她妈妈拿去做拖把抹布了。长大后工作了赚到钱，她可以给自己买很多别的漂亮衣服。

　　这些小事情，我讲不出什么大道理，只有一点点小道理。世界上有些东西一路奔跑，超越了文字，超越了道理，超越了时间。

　　如同"逃跑计划"的一首歌所唱："当我们完成了童年理想，童年又成了我们的理想。"很多年后阳光照进回忆里，这种靠自己换来自己想要的东西的感觉，特别好。别等，自己想要的东西，自己去追求得到，大概会成为一生的信念。

第一章

别放下你的野心，
也别辜负所有苦难

与梦想做伴，与时光同尘

我去参加某一次颁奖典礼，偶遇一个年轻的摄影师。典礼在南方的羊城举办，活动方安排他跟我住酒店一个房间，在等待晚上颁奖的时间里，我们聊起天来。

我看着这个貌不惊人、朴素打扮的年轻男生，忍不住问他："你是因为什么入选获奖的？"他说，因为他拍摄星空。

他拿出笔记本电脑，给我看他的摄影。

我就在一刹那被震撼了。

那是一段制作好的延时摄影作品。高山之巅，星光缓慢流淌成星轨。银河缥缈，天幕近乎透明，画面的色彩极其瑰丽，那般美轮美奂，何其璀璨。

他告诉我，他的摄影图片，被美国NASA采用发布。这可真厉害。

好玩的是，他是一个重庆人。

重庆是一个山城，也是个雾都，平时没有多少日子看得到如此美丽的星空。最反差的是，他原本不是文艺青年，是个标准的学汽车工程的理工男，读完大学去上班的地方，也是技术性单位。他迷上了星空，后来辞职专门拍夜空星光。

对于他来说，他拍摄的地点，都是远方。西藏、云南、尼泊尔……爬喜马拉雅山的冰川，有时候他一个人整夜守着夜空。

话匣子一打开，他滔滔不绝地说着一路的艰辛，还有坚持的不容易。摄影器材那么贵，举办活动需要经费，而且还得养活自己，他还想教会更多人拍摄星空。

浩瀚星辰，让这么一个理工男彻底神魂颠倒，人生完全改变了。这个摄影师，不是孤例。

其实，所谓远方，并不一定是地理上的。"远方"在心上，爆发的星光，瞬间打动我们。

我们在按部就班的平凡人生中，感受到剧烈的感动，见识过庞大的美丽，这是一种类似开悟的体验，让我们愿意为之付出，一再去领略，改变命运，走向另外一条道路。

我记得多年前看过一部电影，一个小男孩站在商城橱窗外，眼睛发亮，看着飞机模型，升腾起开飞机的梦想，在遥远而漆黑的夜空，星光迢迢而来，照耀于头顶。多年后他飞行在天空中，大地倾斜，群星在左右，他拥有了真正的满足。

当你拿起笔，当你跳起舞，当你在工厂上班，向往着金色音乐大厅，当你出现在大街小巷成为偶像，远方夜空的星光，其实是不灭的斗志，是我们平凡生活中的英雄梦想。

岁月很长，不必慌张

　　我家门口有一间很小很小的宠物店。十年前，我养过小狗，带着小狗去打疫苗的时候，跟开门诊的那对夫妻闲聊。原来他们都是云南的一所兽医专科学校毕业的，这对小情侣恋爱结婚，然后在城市一角开店，做动物门诊的业务，给小动物看病，也卖宠物食粮和杂七杂八的用品。

　　来到大城市的最初几年，特别辛苦，因为当时没多少顾客上门，房租水电交完，只能存一两千块钱。房价很贵，看中的房子，买不起，不过，总要坚持下去。

　　有时候，我晚归，路过他们的店，看见他们忙碌到夜里，笼子里寄放的猫猫狗狗还在闹腾。

　　再后来，我开始养猫，贪吃的猫吃肉的时候连塑料袋一起吞了下去。我带着猫去看病，发现顾客陆陆续续变多了。城市里的居民，生活条件不断变好，养宠物的人多起来。

于是，那对年轻夫妻的小门诊改名了，叫作宠物医院，他们的生意终于好起来了。那一次又聊起了近况，小夫妻开心地说，就在对面的小区买了一套两居室，终于扎根了。我祝贺他们。

这个时候，旁边新开了一家皇家宠物医院。出于好奇心，我去这家新店参观了一下。坐诊的动物医生更加厉害，我看见墙壁上写着简介，中国农业大学的相关专业硕士生。隐隐约约，我开始为那对夫妻的店忧心。

不过，时间证明，我多虑了。

新店的工作时间，从上午十点到下午六点。远远没有那对夫妻守着自己的宠物医院勤勉。

有时候，夜里小动物出了意外，宠物主人匆匆忙忙只能去老的宠物医院。哪怕，那对夫妻的宠物医院没有新开的皇家宠物医院装修漂亮。

就在三年前，皇家宠物医院关门大吉。

小区附近，就数那对夫妻的宠物医院最大，开始招聘员工，翻新装修，变成特别高大上的宠物医院。他家保持着稳定的服务水准，老顾客们也习惯去他家买东西，给宠物看病了。

我认识的一位设计师，从前在本城的昙华林开一间小小的店，卖很多精致的小玩意，和他自己做的器物。一年又一年过去，再见面的时候，他说在给一个老板设计私人艺术馆，他特别重视这个项目，因为等待了很久，做了很多基础装修的活儿，终于接到了可以发挥艺术特色的单子。

他毕业于美术学院，为了养活自己，先求生存，开店赚钱，接门面商铺的装修。其实，大多数顾客的要求都很俗气，很标准的流水线作业。他的梦想，是能够做体现美学风格的作品。

两年后，他开始设计一整个别墅项目，准备在一大片碧绿树木风景绝佳的好地方，做出很漂亮的房子。他的兴奋溢于言表。

他的小店仍然开着，不论那条街道上换过多少店面，不管他现在接了多大的生意，设计多么知名的项目。

我的一个很熟的朋友，他的母亲年过六十，从前一直自娱自乐，画着花鸟鱼虫。我去他家做客吃饭，看着一卷一卷画轴，堆满书房。不知不觉，有一天老太太开始开班，教授其他人绘画。慕名而来的人多起来，老太太上了新闻报道，画作送到日本的艺术协会参与交流活动。

但是老太太仍然亲力亲为地教授学员，有一次我在聚会上遇到，她正咳嗽，耐心跟学画的人讲着笔法和用色。弟子们也越来越多。

我在和朋友，以及他的母亲一起吃饭的时候，听着他母亲的谈吐，和从前退休老太太的状态，完全不一样了。

他的母亲说，真的没有想到，自己会成为今天的样子。虽然忙碌，虽然辛苦，她还是很快乐的。因为，最初她只是出于爱好，拜师学习，慢慢地画了二三十年。她变成了一个真正的画家。

这些在我的生活中真实的人，他们生平的际遇，特别令我感慨，岁月很长，不必慌张。

仅仅是时间本身，就会把那些凑热闹的人淘洗而去。

急功近利的，会飞快消逝。留下来的，总是那些守到最后的。开宠物医院的小夫妻，等待了十几年的设计师，晚年发光的画家老太太，他们的人生，越来越走向丰富繁盛。岁月也教会了我们，懂得了欣赏那些久久用功和水到渠成。

换一种处理方式，就是换一种活法

我有间房子在出租，之前租过一个女生，五分钟不到，就谈定了。没多久，房子因为漏水，得维修。总之，各种麻烦。

结果，我发现这次的新房客，情商挺高。一方面，打电话给我说，她的老公真的不想搬，找房子好麻烦。一方面和房东，也就是本人，协商双方止损。

她在电话里说："我们真的东西多，搬起来麻烦，还要上班。"

我笑了："我也是为你们着想呀，你看，你们好几天用水不方便，怎么洗澡，怎么上洗手间？"

"没事，大不了去酒店解决。旁边有便捷平价酒店。我们可以克服维修漏水的麻烦，对了，您那边只要减点儿房租，少了不就可以了吗？"

我发现，她由始至终情绪相当稳定，一直在电话那边笑着求我，顺带还安慰我："你不知道，上次我在电梯里，就看见一个水电工，一问，原来是11楼的漏水了。其实很好修的，所以真的没啥。对了，我可以帮忙的，我也懂点儿呢，还可以帮忙顺便盯工维修。"

之前，我没问过这两口子是做什么的，估计多半是做销售或客服磨炼出来的。于是我被说服了。

然后我在微博上感叹，遇到一个很有头脑的新房客。微博上的一个朋友李写意说："其实这种人就是特别有正能量的人，遇到问题不抱怨、不情绪化，而是想办法解决问题，商量有建设性的办法，1、2、3，大家进行选择，适当让别人舒适以达到自己的目标。我特别喜欢这种人，幸亏周围也是这种人多！真幸福。"

她说得特别好，我特别认同。

遇到这样的租客，事情好解决了一半。这样双方都可以减少损失和麻烦，达成一致。不抱怨，不情绪化。

李写意跟着说："我非常惧怕那种出了问题，就是抱怨暴躁哭诉各种不爽的人。好声好气问，那你到底想怎样？他说不知道，继续发脾气。然后提出解决方案1、2、3，对方也不接受，继续发脾气。那到底是要怎么样啊亲？一副全世界就他倒霉要抱抱的成年人伤不起啊。"

后来事情的发展就比较有意思了，公共水管出问题了，原来应该归物业修理。公共水管修的时候让物业把整栋楼停水。不过，全程他们都不用搬，对他们的生活影响不大。

就这样，新房客免去找房子的麻烦，我这个房东也觉得过意不去，还是减免了两百块房租。大家的损失都比较少，也没有什么争执。

最重要的，也许就是三个字，成年人。

不是过了十八岁，就是成年人。成年人得有做事做人的样子，理性地与人打交道，就不能再像个任性的孩子了。

我也很了解我的那些房客。一年又一年，赚钱存钱，奋斗，过渡到自己买房子，不必再看房东的脸色，拥有了经济自主权，可以过上自己想要的生活，种喜欢的植物，尽量设计装修出自己想要的风格。

真的，曾经我也租过房，墙上挂个东西要弄个粘钩，都担心房东生气。那些租房漂泊的人，渐渐都在巨大的城市里，有了自己的小窝。

我想，这个新房客，有一天，肯定不用再搭理我这个房东了。不过我相信，她应该比一般人抵达梦想快一些。

爱讲故事的庞老头

幼年的暑假热得树叶又绿又亮，我在庞老头家里待着。中学的升学结果已经确定。出去玩吧，顶着七月炎夏凶残的太阳，人都要脱皮。在家待着太无聊，简直像坐牢。我母亲说，得了，要不你去庞老师那儿上补习班吧。

庞老师当了一辈子中学老师，退休了好多年，在家也闲不住，摆了六七张单人课桌，只收附近的小孩子，提前教点儿东西。

问题是，谁想放假了学几何背单词？我们不过是应付家长啊，庞老头看我们无精打采，估计一去不复返，就把小黑板擦干净，一边写上"人猿""泰山"，一边说："来来，我给你们讲故事吧。"

泰山是个孤儿，被遗弃到原始丛林，跟着一群猿猴厮混，上蹿下跳，爬树抓鱼，结果不会讲人的语言，反而身手敏捷，成为森林的居民。

这故事可比教科书好玩。我们问："后来呢？"

庞老头说："后来啊，等下次，再给你们讲。"

我们几个很不高兴，开始起哄："您现在就说啊，快点儿快点儿。"

庞老头笑眯眯，活像一只世界上最狡猾的狐狸。他宣布下课，踱着步子去院子后吃饭。我们一群猢猴散了，各回各家，各找各妈。第二天，我们当然是急不可耐地在家吃了晚饭，就去庞老头家继续听故事。

两天一个故事，故事前学一点儿东西，写写小作业。庞老头说，"听了故事，可以在本子上记下了，再讲给别人听"。

我们兴致勃勃地听从他的意见，再献宝似的，说给邻居家小孩听，甚至说给大人听。

庞老头讲的最后一个故事，是《最后一片叶子》。而这个故事，只有我在听。

因为他的小小补习班已经结束，新学期开学了，我的小伙伴们都去上学了。

至于我，因为我的母亲是个多礼的人，要我拎着一盒皮蛋，送去致谢。其实我们去他家之前，就已经缴了二十元补习费。

那个黄昏变成了我一个人的故事专场。

我用尊敬崇拜的目光，看着这个肚子里有无穷故事的老头，央求他再说一个，因为我很喜欢听。他乐呵呵笑了，我能发现他的汗毛都在震颤，大概是很高兴有学生喜欢听他讲。他收下谢礼，剥了个皮蛋直接给我吃了。

这个故事，庞老头讲得很慢，一个叫乔的年轻女孩生病住院，凄风冷雨中，孤独又绝望。于是，年老的画家贝尔曼，偷偷在窗外画了几片树叶。乔觉得自己的生命就像树叶一样，最终都会凋落，一片不剩。但是，有一片叶子一直顽强地挂在枝头。

我听得目瞪口呆，世界上还有这么奇特的故事，让人心里有一些哀伤，但又不会绝望。末尾听到树叶是画的，我呆住了。

离开庞老头家，走的时候，他顺手给了我一盒云片糕。

去了学校之后，我才想起，忘记问他这个故事从哪儿来的。我的胃口一直被吊着，要多念念不忘，就有多念念不忘。我想搞清楚来龙去脉。

我打算等我从寄宿高中放假回家了，去找他问清楚。

也不过是半个学期，活了八十岁的庞老头去世了。我看见他的子女，把一屋子书清理出来，卖旧书了。

1999年，在大学的电子阅览室，我在搜索框里，输入了那个从庞老头嘴巴里听到的名字——欧·亨利。

答案不言而喻。

当了一辈子老师的庞老头，看了很多很多的书，他把他喜欢的故事，说给了我们听。他一定有过一本《欧·亨利短篇小说集》，因为我发现，他不止讲了一个欧·亨利写的故事。他还提到了梳子和头发交换的故事，提到了为了把鞋子卖给不穿鞋的土著，在地上撒龙牙草种子，以便长出扎脚的草的故事……

那本从来没见到的欧·亨利的无形之书，从他手里，转送到我这里。再后来，我也成了一个写故事的人。那个老人家是我最初的文学启蒙之师。

而今回忆，原来文学在一老一少之间的流淌过程，本身也是一种文学。

别放下你的野心，也别辜负所有苦难 第一章

世间所有的爱都是为了在一起

有一年秋天我去一个朋友家里玩，进门赫然一张巨大的画，上面云山雾海迎客松傲立，扭头则是书法墨宝，再到坐下，发现桌椅都是厚重的红木家具。当时我就笑得俯身在椅子上，因为眼前的一切太离奇太反差了。

我的这个朋友，是一个才二十来岁的女孩，但整个房间的风格气息，跟年轻女生的青春活泼截然相反。她只好无奈耸肩，墨宝和巨幅壁挂画都是父母送的，有着祝福的寓意呢！怎么好拒绝？而且笨重的家具木头的才结实呀。

然后最让她烦恼的是，她爸妈常常突袭，不告即来。有时候她正在家里看影片，听见敲门，去开门，是她爸妈从几百公里外的小城登门造访了。然后她的妈妈开始一边唠叨一边给她收拾打扫，她爸爸挺认真严肃地盘问她，工作怎么样？跟同事跟上司的关系相处得怎么样？谈恋爱了吗？

她呢，堆起笑脸，敷衍回答："都还好啦。"

之后，一家人碰头，当然也要去吃饭聊天。就这样差不多撑到黄昏，因为她的小公寓没有客房，她的爸妈便只能去住酒店。作为女儿，她当然是送双亲抵达下榻的酒店，然后自己回来。她跟我说，再拖延下去，她就撑不住了。

没错，但凡和爸妈相处超过一天，必定开始口角，开始受不了念叨郁闷顶嘴，搞不好就吵起来。吵嘴后，她又会后悔难受。她长长叹气。

对于她的叹气，我回之以"米兔，米兔"。也就是英文"me too"的谐音，我们作为一个年代的人，深有同感。

两代人那么多生活习惯差别，价值观不一，对人生的追求，对世界的审美，各有各的时代刻痕。小孩子长大了，成为一个独立的个体，父母却仿佛时光停滞，态度一以贯之。

相反，有一段时间跟爸妈不见面，她会突然很思念，给爸妈打电话，隔着距离，双方的言语亲切平和，都很放松，心中觉得特别温暖。

远了牵挂，近了又怨。我也长长叹气了。

世间所有的爱都是为了在一起，不过，活生生的人，真的在一起的时候，反而变得遥远。近在咫尺，但魂儿神游天外去了。心在一起，跟地理时空上的在一起，根本错开了。

假如，我只是说假如，他们老了，离开了呢？那个时候我们为人子女，又该悲伤大哭，懊恼陪伴在一起的时间太少了吧！这样的情况生活里太多，世世代代，一直发生。

那一天真的到来时，请告诉自己说，好好地领会这悲伤，但不必懊恼。

大人老去，孩子长大，各自为人，不可能总纠缠在一起，这是社会与人的生命规律。

世间的爱，也从来不以物理的尺度衡量，全凭缘分。有生之年，彼此的心，有过最亲密的触碰时刻，也就在一起了。你最爱的人，还会存在于你的心里。

你所要伸手牢牢抓住的，是那些即便人隔千万里，仍然感觉到温存的刹那，那是真正的"在一起"。

勇者，敢于为自己的人生寻找光亮

我有一个真实的故事，关于梦想照进现实。

1

在一个山西小城，1998年的春天，一个活泼好动的六岁女孩，独自在她家附近玩耍。

像所有小孩子一样，她做着斑斓多彩的梦，喜欢好吃的，爱玩。不知不觉，她跑到梯田里，不小心摔下来。命运忽然闭上眼睛。

回家以后，这个小女孩昏沉沉睡着，父母心急如焚地带她看医生——去市医院，去省医院，去北京天坛医院。

专家诊断结果为：休克性精髓损伤，俗称，截瘫。

她无忧无虑的童年就此结束。

被诊断为截瘫的小女孩，随着父母多年在外求医。

求医路上，沉重的医药费让这个小家庭无力承担。为供姐姐、哥哥读书，她的父母再无更多精力负担她的教育。

学校，也难以收纳一个截瘫的女孩。

就这样，她与学校彻底无缘。

2

2013年的夏天，我出版了一本小说集。这些年，我的联系邮件，公布在我的个人博客上。我收到成千上万各式各样的来信。

某一天，我突然收到一篇书评，正是写那本小说集的。

书评的文笔虽然还带着稚气，但对我的历年作品如数家珍，特别熟悉，某些句子，甚至说中了我当时写作的心情。我当时心想，写得挺好，可是不大符合报纸书评版的格式。

我在想，要不要修改一下，推荐发表。犹豫之间，我的目光落到邮件的末尾，我发现她附带了一段小小的文字简介，关于她自己。

这个女孩说，她没有上过一天学。

我很惊奇。

这是个有天分的女孩子。

我给她回信了。

3

有一次，我看一部纪录片，主角是日本的天妇罗之神——早乙女哲哉。他专心专注，把一种食物做到美味。

其实，作家和厨师是一回事，都是手艺工作者，不能假借他人之手，亲力亲为，而且必须耐得住寂寞。

天妇罗之神说的几句话，我特别喜欢："现在的人总是急于实现梦想，包括中彩票这种不切实际的事情，我认为这并不是梦想。

梦想如果不打好基础，就算实现也会很快崩塌。每天脚踏实地地积累，才能成就梦想。"

作家都是自恋的，都不喜欢搭理别人的文字，但是，2015年，我监制了一本别人的书。

这本书的作者，叫林深之，本名李璐。

李璐，就是那个没上过一天学，从梯田摔下来，从此坐在轮椅上长大的女孩子。

她称我为老师，但其实，我只是觉得她有潜在的才华，恰好遇到了价值观相同的我。

我当时这样问小璐："你愿意在自己真正的作品诞生之前，忍受比较漫长的积累时期吗？"

她说愿意。其实我看出来，她惴惴不安。但她选择了这样去做。

她想成为一个作家，于是她日积月累地写。给南方周末网写电影评论，给老牌的文学杂志写散文，也给畅销的时尚杂志写小说。

在她有了自己的书之后，也仍然是轻描淡写地处理自己的故事。

那时的她，不太能活动，只能勉强蹲着不倒。有时候，她的妈妈抱着她坐在一个地方。

那时老房子周围还没有被开发、被修建，大门前面有一大片荒地。她一直等待着有一天，哪位医生能够治好双腿，让她重新恢复走路。

春天，她蹲在门口等苹果树发芽，摘毛毛虫来玩。夏天，她蹲在草丛里等着抓螳螂和瓢虫。她只能蹲着，无法站立。

秋天，她等草干了蹲在土地里烤红薯土豆。冬天，她蹲在门口

別放下你的野心，也別辜负所有苦难

第一章

等下雪……

　　终于，她坐在轮椅上，从小孩变成少女，度过漫长的青春期。

　　一个人经历了这么漫长的苦闷，失去行走的自由，选择自学，写作，投稿，努力。甚至获得发表，虽然起初文字只是发表在小刊物上。

　　她本来就足够坚持。

　　我相信我的直觉判断，这个女孩，就是早乙女哲哉所说的那种人。

　　4

　　但是在她的眼里，我是这样一个形象："作为长期要向他学习请教的人，好像有很多人觉得，能够跟他交流一定很精彩很有趣，但其实恰恰截然相反，在认识不多不少的这两年里，他给我的印象是一个非常简单的人，说话言简意赅，说完就消失得无影无踪，想要再找他，必须把微博、微信都留言一遍。

　　"记得刚合作那会儿，我什么也不懂，为了磨炼我这个新人，他布置了很多任务给我，我非常诚恳地告诉他，这本杂志很大牌，退过我很多稿，那本杂志很有名，我连试都不敢试，他很淡定简单不容置疑地告诉我，攻下它。

　　"就这样，那段日子我疯狂写稿，最后成功把那些杂志写在了自己的简历里。

　　"不得不说，老师确实深知玉不琢不成器的道理。想起第一次新书跑活动，紧张得半死的我，用手机问他有没有经验分享，他只回复了我四个字——随便讲讲。就是如此简单粗暴的一句话，让我一半紧张都消掉了。"

　　她说的，都是真的。

因为写作这种事情，真的教不来。我只能鼓舞她，催促她，推荐她，但我不能代替她实现自己的梦想，因为我也做不到。

谁也没办法把石头变成玉，我们只能把璞玉琢磨为玉器。

我猜，我的强硬态度，把她的潜能都给逼迫激发出来了。

5

蝉要让大家在夏日听到自己的高亢歌唱，它先要忍耐那些地底的沉闷辛苦。

当别的孩子花着父母的钱，嚷嚷着青春，嚷嚷着旅行。她不分白天黑夜地敲出文字。

当别的年轻人上网诉说苦闷，她在积累自己的工作履历，兼职做编辑，自己赚钱。

时间用在哪儿，是看得见的。

这也是我对她的褒奖，哪怕是在接受电视台采访时，我也是这么说的。

她一直认真写作，而不是让自己的生平经历压倒了创作。

十月初秋时，我比她先拿到出版的样书，那天，我用手机拍图发给她看。然后，我在微信语音里，听到她的万分激动和欢呼雀跃。

这是她人生中的第一本书。

早乙女哲哉还说："世间的人总是认为能够瞬间实现的才叫梦想，但那些东西其实什么都不是。只有每日每日的积累才是促进梦想实现的源泉。"

这本书，叫《女孩，你要好好爱自己》。

没多久，出版公司的编辑主动找到我，想要再出她的书。

她就继续一字一词，一篇又一篇，点滴积累，成为源泉。

深夜里,我和出版公司的编辑在手机上聊天,敲定了她的第二本书。

6

我一直觉得,沉默才是最有力量的。但是沉默不代表无所作为,沉默意味着不喧哗吵闹,不喋喋抱怨,而是静静地低头做好手里的事情。

一个人的心没有受限,哪怕去不了远方,坐在轮椅上,也仍然可以见识这个世界的广大。

这样一比较,那些没经历过真正的痛苦,却在书里无病呻吟迷茫孤独的作者,太矫情逊色了。

我一直相信,只有真正的勇者,才能书写真正的勇敢。越过迷茫和矫情脆弱,成为顽强牢靠的人。

这种人坦然面对自身的苦难,敢于书写苦难,但绝不炫耀苦难去打苦情牌。

在自己的作品出版之后,很多知名报刊和媒体报道了她。她在太原书城,有了自己的第一场签售会。

我觉得这不是命运的奖赏,这是她亲手编织,献给自己的花环。为自己的人生寻找光亮,创造光亮,这样的人,可以称之为勇者。

罗曼·罗兰在给米开朗琪罗写传记的时候说:"并不是普通人都可以在高峰生存,但是可以一年一度上去顶礼,从中可以获得日常战斗的勇气。"

至今,我们素未谋面。除了她给我寄过一次三只松鼠的坚果大礼包。好吧,我们都算是大吃货。但这正是我的态度。

请用才华和努力证明自己。

你是个年轻人，就应该野心勃勃

对欲望不理解，人就永远不能从桎梏和恐惧中解脱出来。如果你摧毁了你的欲望，可能你也摧毁了你的生活。如果你扭曲它，压制它，你摧毁的可能是非凡之美。——印度哲学家克里希那穆提

我认为，梦想是欲望的一种文雅说法。

1

我的一个记者朋友。他拼在深圳，天天坐飞机去各大城市采访明星，写一些自己都不喜欢的稿子，辛苦得不得了，有时候两天才能睡觉四个小时。

有一天，他在聊天时叹息："唉，人生好绝望，明天一早还要去医院，累得扁桃体一直发炎。"

我反问他："不买房就不绝望了？不谈恋爱就不绝望了？"

他说："与房子恋爱无关。"

我就问他："你到底追求什么？你有什么梦想？"

他的回答是："我想有很多很多的钱，非常有安全感，然后无所事事地生活。"

我当时笑了。因为太巧合了，多年前，我也跟他一样说过这样的话。

我确信我的这个朋友，会继续坚持工作赚钱。

我不相信，他真的能够忍受无所事事的下半生。

2

跟那个朋友聊天后的第二天，他就晒了一张五星级高档酒店里的游泳池照片，感叹自己还没学会游泳。

看，人多么有趣，常常是"没事想折腾，累了就哼哼"。

我们的抱怨有时候是对生活撒娇，对自己撒娇。

其实，也真的有一些人，不愿意参与社会的竞争，不喜欢和人打交道，喜欢清清静静自己待着，甚至干脆退出江湖。

我这个人，也想着就写点儿东西发呆，不愁吃喝。

不过，我们还是要吃饭住房穿衣，时不时还涌起别的渴望，吃更加高级的，喝更加丰富的，住更加舒服宽大的，穿更加精致的名牌。

如果你能节制欲望，降低到极为简单的地步，远离精彩人世间，那么你只需要有父母馈赠的丰富财产，或者自己赚到一些生活费，就可以达到理想，过上自己想要的生活。别人怎么说，不去听、不理睬就是了。

可惜，压缩欲望比赚钱还难。

如果做不到最大化压缩欲望，你还是得先勤劳致富，然后换自由。

世界上有真的隐士，真的修行之人做到清心寡欲，只做一两件事情就生活着。但难度特别高，高过追逐欲望。这种人，一般年纪都挺大，从肉体上就衰老了，心理更是进入暮年养静的阶段。

梦想可以是房子、车子、喜欢的人，梦想也可以是当医生、警察、外交官。

梦想更加可以是从小城市到大城市，从温饱到小康，从小康到中产阶级，从中产阶级到大富豪。

梦想还可以是成为明星，成为大慈善家。

家在小镇的表弟念完大学以后，就对他的爸妈说，以后绝对不会回去了，要么在南京买房，要么就在附近的小城市买房。哪怕他在小镇的家有几百平方米，下楼就有吃有喝，宽带超市一个不少，可以住得舒舒服服。

可是他在大城市读了大学，见识了世界上的热闹，大开眼界。老家顿时变得又小又窄郁闷至极。

我的远房表弟，逼着家人咬牙卖掉了通州的房子，换到了北京市区。

李连杰主演的那一版《笑傲江湖》里面，他总是念叨退出江湖。可是任我行道破真相："退出江湖？如果你的下一代抵受不住练武的诱惑，再拿起剑闯荡江湖，你能阻止得了他们吗？"

同样，年轻人无法抵抗大城市的繁华诱惑，因为生命的本质就是欲望，人类前行靠的是一代一代年轻人的热血。

体能巅峰，元气旺盛，大脑极其活跃，肌肉强壮，海阔天空，野心勃勃，这一切都是人类进化为闯荡江湖而准备的。

梦想也不是什么遥远的东西。

梦想是欲望的文雅说法，就是我们想要的东西。

我们还想折腾，还有梦想，最大的原因，就是身心还年轻，还有欲望。

3

想让年轻人像老人一样清心寡欲放弃竞争？其实也有办法。有个医学院出身的心理专家介绍过：

打了镇静剂，情绪消灭了，基本上心如古井。

做个缩胃手术，吃得就少了，没力气出来闯荡江湖了。

溶掉肌肉纤维，把血液酸化，身体就虚弱了，再也不会精力旺盛争强好胜了。

可是废掉了年轻人，熄灭了欲望，也就毁掉了这个世界。

所有的国家都害怕进入老年社会，因为人口比例老化，就会失去活力，失去进取心，经济、文化各方面都面临衰退。

你是个年轻人，你拿起你的利剑，修炼自己的本事，去大城市闯荡江湖，寻找自己的一席之地。

梦想没有高低之分，只看你是否为它做了什么。

我发现，我越是努力赚钱，获得名利以后，我反而越多自由平静的空隙，得以享受写作发呆，写一写自己喜欢的不换钱的东西。

这就是人生最大的真相。

不用风口，鹰也能飞

在我的中学时代发生了一起轰动全校的事。从那天开始，女生们走起路来更加羞涩，男生们有事没事就捋下头发，拉整齐衣服，时不时照照镜子，凝视自己的鼻子眉毛嘴巴，潇洒转个身。还有的男生比较夸张，随身带一瓶摩丝，定出一个拉风的发型。对了，那个时候还不流行啫喱水。要是连摩丝都没有，干脆用手抓两把。

这一切都是因为大雄。大雄刚好是我们班的男生，数学很好，长相憨厚，而且脸上还有一颗恰到好处的痣。这颗痣如果低到嘴巴下，就比较像管账先生，如果再靠近眼睛，就比较像奸诈反面。大雄的痣停留在脸颊与鼻子旁边，带着一点儿俏皮滑稽和醒目。

我们男生一度怀疑，大雄的幸运就是来自那颗痣。赐给大雄幸运的，是湖北电影制片厂。20世纪90年代看电影已经稀松平常，可是学生拍电影，那简直是天大的事。

电影制片厂采风取景，顺便就在我们高中选男主角。导演要拍的是一个关于早恋的校园故事，演员想选原生态，没有表演经验的。女生们比较失望，因为女主角已经选好了，打扮洋气，是个大城市的中学生，请了假跟着剧组到处跑。

男生排起了长队，面带兴奋，去试镜。他们鱼贯而入，出来的时候，个个垂头丧气。我呢，压根没勇气去面试，干脆彻底旁观。选了三天，只有大雄充满神秘的笑容。没多久，宣布男主角就是他。老师们事不关己高高挂起，只当是课余闲聊的有趣话题。

对于男学生来说，就受刺激了，尤其是平时热衷要帅扮酷，跟女孩子聊天，讨厌学习的那几位。穿西装白衬衫皮鞋的甲，头发整得大风吹过纹丝不动的乙，高个白净有几分英俊少年气质的丙，统统被大雄打败。

看起来毫不出奇的大雄，凭什么获得导演的青睐？导演的眼睛是瞎了吗？他们气愤了。确定主角之后，电影迅速开拍，在一条夹在花园中间的走道上，大雄来来回回地走。女主角靠在栏杆旁边，演低头若有所思。大雄每经过一次，就要回头一下，以表达少年骚动而羞涩的心。大雄估计第一次拍戏，太紧张，一直NG，有次跑过女孩的身边太快，"啪"，他的旧皮鞋踢飞，落在两米之外，所有人哈哈大笑。

就这么拍了好几天，他们连手都没拉到。多年后，读着塞林格的那句"我觉得爱是想触碰又收回手"，我自己也写过各种小说故事后，倒是挺理解导演的心思了。

接下来的一个月，大雄消失在学校。据说被剧组带到省内某座山里拍其他镜头。回来时，问起大雄将来是不是要退学去省城当明星，他支支吾吾不肯细说，忙着补他落下的功课。

隔年在校门遇到大雄，问出了答案，导演只打算让大雄拍一部片子，告诉大雄好好学习。片子放映后，也没了下文。

不过，那天下午，大雄说，他在山里看见老鹰了，天好蓝，云也白，鹰飞得好高啊！

我依稀觉察，大雄的话别有深意。我们这些生长在平原的孩子，从来没见过鹰飞。看他那悠然回忆的神往表情，我说："不管怎么样，我以后还是可以跟别人讲，我的同学拍过电影哦！"他被逗乐了。

大雄后来考了一所不错的大学，在公司上班，小日子过得挺好。

再说说少伟吧，他是那种成绩垫底，完全没希望考上大学的人，但也没坏到变成混混上街打架闹事。少伟上课常常睡觉，到点了飞快跑去食堂打饭吃，晚自习溜达出去吃消夜，瞎晃悠。

那天晚自习回宿舍，我看见少伟在操场上一个人发呆，不知道在自言自语些什么。走近了，我发现他捏着一个啤酒罐，叹一口气，喝一口啤酒。中学生不许抽烟喝酒，但这只能管住好学生。我从少伟旁边绕过去，他突然叫住我。

我吓一跳，以为他想打架。说真的，我了解，不爱搞学习的学生，向来看不惯搞学习的，心头总有揍我们一顿发泄的冲动。平时大家装作鸡犬相闻，老死不相往来，也是看在考试时有可能抄一把的分上，不然早出手了。

我心想，这家伙看着老实，喝醉了就难说了。结果少伟拽住我，带着醉意迷茫嘟囔："考得上考不上，你们反正有个目标，我，我都不知道以后能干什么！我家又没什么钱。"

原来，他是在烦恼未来人生。我说："你可以考体院，那次体育会考，你不是跑了前几名吗？"

他想了一想，眼睛居然亮了，放开我，认真和我聊起来。十几分钟后，他才走掉。谢天谢地，我顺利脱身。

当然，少伟最后没能考上体育学院。因为部队来学校招飞，各种体能测试，他都通过了。就这样，少伟去开飞机了，听着都很牛。

后来重逢，他给我讲，那些飞行员特别逗，三四十岁的人，还很单纯，打个扑克也像小孩子一样吵嘴。我们哈哈大笑。少伟是来感谢我，特意请我吃饭。不过，他要谢的其实是他自己。那场夜空下的对话之后，少伟的确开始练体能，天天跑步玩倒立。命运垂青有准备的人。

直到十几年后的今天，少伟还保持着良好的身材，那是一个飞行员的素质。

现在的网络时代有句话叫哪怕你是猪，站在风口，也能飞起来。但细想一下，猪飞起的搞笑和狼狈，那么沉重，也飞不了多久就得坠落地上，摔得鼻青脸肿。这才是这句话的本意。互联网大佬是用来让自己警惕，不要跌落。

泡沫消散时，多少飞在天上的猪，摔成猪肉饼。

我觉得，当风真的吹起，就飞上天空的，应该是老鹰。那才是真正的自由翱翔，天高地阔，迅疾如闪电，生猛有力量。

鹰有没有风口，都能飞起来。

你只是看起来很努力

大学时，我有个最为欣赏的学长。心比天高，文笔洋溢，辩才无碍。毕业前夕，他怀揣着理想上路，去了一家省级青年报做编辑。当时的他，已经是校园名人，拿过全校最佳辩手，风华正茂的时刻，赶上那家报社创业初期，信心饱满，信誓旦旦。

那份报纸的大幅广告贴满城市的角落，一切都让人激情澎湃。他学习多年的法律知识，积累长久的新闻敏感，还有那一笔好文章，一口好辩才，就等待着东风吹起。

不料，报纸没办出生路之前，就抛弃了他们。中间辛苦的那几个月，做版、坐班、采访、写稿、编辑，全部成为"实习"。

没有签订正式的协议，也没有正式的洽谈福利待遇。当时唯一的解释是，为理想和事业开始，那么，必定要做出牺牲。报纸等待资本注入，等待咸鱼翻身。最后，刊号变成了另外一家传媒集团所有，这些年轻人，梦想破灭。

于是他在毕业时，回了家乡，一个位置在中部却算西部的山区自治州，混迹一年，困顿万分。他也想不到，会有这样的生活状态。

他是我的师兄，也是一个参考个案，对于还没毕业的我，我第一次近距离看见一个人的挫败和失意潦倒。哦，原来那些跟你猛谈理想和未来，看起来很高端的单位，说垮就垮啊，什么正规的保障待遇都没有，堪称社会第一课。

没有什么比这种打击，更加让年轻人压抑和痛苦。功成名就成为泡影。

该怎么办？这个学长开始一年的沉淀与反思，他重新开始寻找理想的时候，也对自己的人生重新规划。

他言之凿凿，跟我说，他要选择自己可以读的专业，选择自己学得好的学科，上北京，拜会导师。他情绪激动，表示要回来和师弟们在一所普通大学上晚自习，读书。他想选的专业是国际航空法方面，国内研究不成熟，尚在起步，导师是这个领域的权威。若能够读上，跟对方向，大有可为。

但是，他半途放弃了考研，又去了某个热门大型网站。我很不明白，他为什么会这样。他说是因为那网站许诺给他高管位置，还有不菲的薪水。

去了之后，他发现好多红红火火的事件都是策划炒作，很低级庸俗。他又觉得跟自己的理想差距太大。于是他又回了家乡的法院，做了两年，觉得气闷，跟周围格格不入，放眼望去都是混日子的庸者。

他辞职，去了响当当的某个大电视台，在外包机构做片子。常常深更半夜打电话给我，给我们当年玩得好的其他同学，倾诉又倾诉。

眨眼，十年过去。

他混不下去，辞掉工作，离开北京，想在我们的母校所在的城市，重新开始。但是这个城市已经日新月异，没有他的位置了。去高校，他学历不够；去媒体，他嫌弃省市媒体低就；重新考研，已经没有耐心。

他在北京混过，帝都这样的地方，掉一片树叶，都能砸中一批大官和顶级名人。他出入结交的是哈佛学者，采访的是北大清华最牛的学者，目睹的是身价亿万的国际企业家。

可是，这跟我们自身有什么关系呢？

刚好我在职业生涯的中途，兼职做过一份中央级报纸的通讯员。他所能看见的赫赫人物，我也见识过。今天飞北京采访部长，明天飞南方参加商业会议。但我很明白，这些经历，只是因为背后的平台是金字招牌。离开了平台，你自身有多少价值才显现出来。

很多人就迷失在了这样的浪潮中，依靠大平台，左右逢源；离开平台，什么都不是了。

一个清醒的人，应该在平台里学习到的，不是谈资吹牛，我跟谁一起吃饭一起聊天，而应该提高自己的本事，打出自己的名号，拿出自己真正的作品。

人生不该只有世俗评判的标准，金钱权势和成功不是单一的。然而，一个人十年过去仍然不知道自己要什么，也没有为自己积累起应该有的职业江湖地位，那么，我们只会觉得，他的心太浮躁。

仔细交流后，我发现他没有一件事认真做满三年。不管是编辑记者，还是纪录片导演，不管是法院书记员，还是网站公司部门总监。眼界开阔得不能再开阔了，人却再也无法静下心来，像古人说的那样"三省吾身"，觉察真正想要什么，能做什么。

这中间，他还像个真正的文青那样，云南丽江、厦门、西藏等地，独自去旅行。然而，旅行就是旅行，并不会一下子就让人脱胎换骨，该面对的，不会少。他没有长期稳定的工作，没有准备结婚的固定女朋友，当然也就没有考虑买房，没有考虑买房，就没有积蓄，没有积蓄……离开电视台回到家乡，他想做生意，他让母亲失望了。毕业这么久，工作一换再换，还要家里资助做生意？

他来找我，住了半个月，白天深夜都在谈人生。

我劝他，到了选定自己的职业，沉下心做好的阶段。他却问我，有没有兴趣一起做生意开一家图书公司？我哑然。

扪心自问，我怎么敢跟这样不定性又天真的人一起开公司？

我们一心为理想寻找一双可以飞翔天空的翅膀。却不知道，理想需要的，只是一双踏实的脚板。如果你真的去看看身边的这个世界，也许你会发现，你的判断，也许真的太固执太稚气。

后来，我所经过的道路，我和我的同学们所经过的道路，虽然细节不一，却差不多。

我们在大学可以激情，可以指点江山，却没有意识到，你能够指点江山挥斥方遒，口头盘点历史人物现世高手，恰恰是因为，那是一群孩子待的地方。

人们对于没有真正长大的孩子，总是宽容的。因此我们自信膨胀，以为自己就是济世之才，就是国家栋梁。顶不济，也能够混个人模人样。

有时候，放弃错误的理想，比坚持正确的理想，难上一百倍。但是，在无数不确定的命运，最后被事实证明过后，我们还能够那么坚定地认为自己是理想主义最后的拥趸?

真的,那是一种遗憾。在我们成长当中,居然没有人告诉我们,你在追求理想之前,多半要经过沉默无闻的那种生活,你要生活得如同水浒李逵说的"嘴巴里淡出个鸟味"。

你要自己坐热板凳,成为不可取代的职员,才能不断进步。

你在炼成火眼金睛之前,可能被很多老板拿理想情怀这些大词忽悠欺骗,之后才会沉淀出坚韧的心志,才能够培养出洞悉本质的眼光。

你既要赚钱谋生,独立自主养活自己,也要不断充电,不断学习,更上一层楼。你越是积累,就越多财富,越多能力。

你要埋头苦学,把同事和朋友的优点经验,一一吸收,琢磨消化,才能够将你所得到的间接经验,转化为实实在在的自己的本事。

你要搞清楚自己的条件,自己的个性,自己的能力,你才会真正知道,你自己,究竟在这个世界上,站在什么样的位置上,你究竟是一个什么样的人。你以后,会抵达什么样的成就。

我们的成长,就是在一点一滴的失败中总结和矫正的。我们仰仗的评价标准,曾经是那样脆弱。把每一张试卷做到拿一等奖学金,会因为不会用打印机,被大老板视为笨蛋。

运气也很重要,但谁也不知道是否属于你。你得时刻准备好,等风来。风不来,你还得换一个有风的地方。

二十岁到三十多岁的十年,是一个人积累和定型的时期。十年里,你做了什么,就会把你塑造成什么人。

十年时间,把我塑造成了一个去过自己想要的生活的作家。我不比商人有钱,我也不比大学教授更加有学问,我没有官员的权势。但我知道自己要什么，我为之努力，并且得到它。

十年时间，在法院的同学，已经走上中层岗位，在大学的同学准备评副教授，在媒体的同学基本都是副主编，甚至在公司安心做上班族的同学，也买好房子车子跟老婆孩子过自己的小日子。

人各有志，没错。但你真的喜欢你的志向吗？还是说，只是因为它满足了你的短暂虚荣。

理想不需要一双高蹈而不切实际的翅膀，只需要一双结实的、理性的，以及心态安稳的脚底板。一步步踩着地面走。但愿我的学长，从此把握好自己，开始新的生活。不要再看起来那么努力那么折腾那么富有才华，其实荒废了十年珍贵的光阴。

人生的斗志不灭，爱惜自己的健康，积累能力，你还有下一个十年，千万别再荒废。

记得做自己的太阳，随时绽放光芒

有一年李云迪在韩国演出出错了，还出得众目睽睽。玩高雅艺术出现失误，的确是一件有失颜面的事。然而我觉得，李云迪的失误，反而显得有点儿可爱。

大众享用高雅音乐的需求之外，也有和艺术家相互娱乐的需求。

说真的，如果不是李云迪，古典音乐的话题很难这么火。小众古典音乐界的钢琴家李云迪，在微博上有1821万粉丝。李云迪光是跟王力宏一起春晚演奏那次，就给娱乐圈留下了长盛不衰的八卦。

其实，古典音乐本来就是生活实用品。我们看的电影电视纪录片，还有广告等，充满了古典音乐。乃至网络上各种搞笑视频的配乐，也常常用到古典音乐，只不过没单独拎出来装腔作势。

《肖申克的救赎》用了莫扎特歌剧《费加罗的婚礼》，《七宗罪》里用了巴赫G弦上的咏叹调。如盐化水，音乐艺术本来就是世俗生活的一部分。

我是个实用主义者，一向觉得人家的人生和发展，是他自己的事。

对于同行李云迪，大众期待郎朗表个态，郎朗的处境是一样的。真是巧，郎朗也挺聪明的，他的原话是，"这个我不好评论，我还是先管好我自己，保证好自己。"

不过我想说的是，这根本就不是过去的古典钢琴大师养成模式的时代。

就说肖邦本人，是个神童天才，他七岁创作，八岁登台，十二岁到音乐学校学习，十九岁到处巡演，也给宫廷表演，同时开始教学创作，短短小半生，声名成就到达巅峰，走的是一条特别标准化的钢琴家之路。

然而世界上只有一个肖邦。影响肖邦成长的巴赫呢，命运逊色太多，活着的时候没出大名。巴赫一辈子也是学习、创作、表演，担任皇亲国戚的音乐官员。

他们的时代没有网络，不怎么玩跨界，社会行业有限，没有新鲜别致的人生多项选择。干一行，就干到老，干到去世，成为大师。

但我们这个时代变化了。李云迪少年时代得了肖邦奖出道，天才惊艳，带着小圈子的大通行证，加入艺术家名人行列。出风头出得简直没边了，盖过了他的无数同行不说，还跨界盖过了更多的通俗音乐界大明星。

这跟历史上的大师钢琴家生涯太反差了。

话说回来，其实大师根本无法养成。

很多人对艺术有认知偏差，觉得大师应该每个年代都冒出来几个，期待着有潜质的年轻一代照着模范刻苦用功，成为大师。

真相不是这样的。

文化艺术蓬勃发展时期，会猛然冒出一大堆大师，群星璀璨，传奇艺术家那么多，经典那么多，多到我们只享用古人的都享用不完。然后大多数时候，只是一些比较优秀的人士演绎表演，重复延伸，踩着前人大师的肩膀再进步一点儿。

就像文学历史上的曹雪芹，几百年出一个，那也不是养成的，而是因缘际会和个人天才叠加综合成就的。

一大批媒体跑去采访李云迪的老师友人，采访古典音乐的专业人士，用各种技术证据分析想证明他业精于勤荒于嬉。李云迪自己也在微博公开道歉，但是吧，哪个大明星道歉不是这样的套路？

如果顺着他的微博往前翻，综艺节目《全员加速中》介绍他是"气质高雅风度翩翩的优质偶像"。李云迪转发说："玩游戏和弹琴其实也有共同之处，就是一定要专注！"

他除了弹钢琴得大奖，他还是外貌不错的优质偶像，他也会"专注玩游戏"。

这个世界上有相当一批人，看待人生特别刻板。你拿了肖邦奖，你就该闭门勤奋练习，不辜负自己的天赋，然后继续攀登高峰。

但要是拿奖的这个人想要过的不是这种人生呢？名利早就有了，而且是远超同行的名利，再前进也不过是封神，老了得到一枚标签——某某著名钢琴大师。

有的人觉得他出现失误是在损害自己的艺术生涯，觉得他太分心捞过界，我却觉得包容他的个人选择是社会进步！他有可能玩着钢琴和娱乐圈，成为超级文化符号，远远超过他的钢琴成就呢！

李云迪不过三十多岁，心态还年轻着呢。几年前我看过他在大学里的对话视频，跟年轻学生们打成一片。

一流青年钢琴家是他自己奋斗得来的光环和身份，他怎么运用，当然是遵从自己的喜好和渴望。

他完全可以道歉了以后，多花点儿时间练琴，堵上大家批评的嘴，同时继续在娱乐圈玩得风生水起。他也可以不断转移到娱乐圈，直至放弃钢琴。我作为听众，大可以一边听着别的钢琴家埋头苦练，弹得出神入化，感动我、熏陶我、陪伴我，一边看着李云迪闹出各种话题，心头飘过"喜闻乐见"四个字。

幸好，李云迪过着自己的人生，并没有照着他人想象中的刻板路线去活。

第二章

太急没有故事，
太缓没有人生

为你的热爱去做一点儿什么

认识小立好多年了。他是我赞叹的那一类人。

人性复杂多变，每个人都有很多的个性，但我在生活中判断一个人是不是有趣闪光，用的是最简单的办法——这个人是不是愿意为自己的热爱去做点儿什么。

小立同学在几年前策划了一个活动，这场活动是一个名人讲座。成千上万人翘首以盼，结果却出了纰漏，导致他被很多人责骂。

如果我就这么简单地复述事情，你多半会觉得这个人该骂。干吗自不量力，为什么考虑不周？

魔鬼总是藏在细节当中。我想给大家好好说说这个故事里面的魔鬼细节。

那场名人讲座的主角，叫蔡康永。那一年，蔡康永出了一本书叫《谈话之道》。小立是一个杂志社的主笔记者，同时也是《康熙来了》的忠实观众。

活动安排在一所著名的大学里面，眼看着情况开始不妙，事情悄悄地起了变化。那所大学的礼堂充其量只能容纳几百人，要票的想参加活动听讲的，超过了一两千。大学的保卫处开始害怕了，担心人太多会出安全问题。

这个活动明明已经谈定，大学就放了他们鸽子，临时通知不能再提供场所了。

于是就只能赶紧换场地，换到了本市首屈一指的大礼堂。问题还是没能解决。当天大礼堂塞得满满的，所有的座位都坐满了人。与此同时，在礼堂外等着签名的粉丝队伍已经排到了马路对面的街道上。

那个礼堂平时是行政机关开会用的场所，地理位置毗邻政府部门，对于安全保障问题更加谨慎。要求活动只能做很短时间，必须尽快结束。

就这样，一场费力筹备众人期待的活动，蔡康永在后台坐了很久，正式演讲的时间只有一二十分钟。有的粉丝都被激怒了，哗然一片。回过头在网上把策划活动的他和他上班的单位，骂了个狗血喷头。

后来，我们在汉口的夜市摊上吃烧烤，我调侃他几句："蔡康永虽然是以作家的身份来签售书，本质上却是一个娱乐圈大牌明星呀。"

也就是说，这实际上是个需要按照大明星规格来安排的人。照着一个作家的待遇准备活动，明显低估他了，结果当然就傻眼了。

可是，也是在那一次闲聊当中，我发现了事情的另外一面。

我问他怎么会想到做这样的活动。

他说，看见他刚好出新书了，而且喜欢蔡康永和他的节目这么多年，就给他的经纪人发邮件，代表刊社大力邀请他来这个城市。

他说这个城市有那么多的年轻学生，好多人喜欢看那档综艺节目，粉丝特别多，真的很值得来。

就这样小立的邀请成功了，他的初心就这么简单。哪怕因为某种原因，拉不到合适的商业赞助，还是花了九牛二虎之力，把活动给做了。

那个活动的确很不完美。其实一开始他真的不知道做这个活动会这么艰难。那时候他刚刚毕业不久，也没什么经验。

但就在撸串聊天的那个晚上我脑海里冒出一个念头。小立这位同学，是一个为自己的热爱出手的人。

因为小立做了那场活动，我在现场见识到蔡康永的功力，远远不止于他那本书里的琐碎谈话之道。

在怨念冲天的现场，蔡康永既没有批评主办方，也没有抱怨活动场所管理太严，极其有限的一二十分钟里面，他满面笑容和现场的听众互动开玩笑。他把情绪完全压住，镇定地掌控局面。

这比预料当中的常规性演讲，反而惊喜。外行看热闹，内行看门道。在我的媒体人生涯里，见过不少大腕发飙失控，把场面搞得一团糟彻底无法收拾。险峻情势下，最见高手的风范。

说回小立这家伙。刚认识他的时候，他在一个咖啡店做我的新书专访，他说他的梦想是做一个很牛的公关，把认识的牛人搭配在一起，打造最精彩的各种派对各种局。

我问他，被骂过之后，还做不做活动？

他说做啊，隔年再聚，果然又开始策划活动了。他继续策划过其他明星的活动，开过很多好玩的局，欢乐顺利。积极活跃的小立，渐渐也就成了城中名人。

人要成全自己的喜欢，想做点儿事情，甚至有所作为，需要冒着各种意想不到的风险，会有很大的概率犯错。难免会被骂，被笑话，被嘲讽，但那正是给这个世界带来惊喜的代价。

真正心有热爱，想实现梦想的人，绝不会袖手旁观，会勇敢出手，去试一试。年轻稚嫩经验不足，给他时间和机会，自己就会吸取教训，加以改进，越来越成熟。

嚷嚷一万句你的梦想和热爱，不如为你的热爱去做一点儿什么。

走出舒适圈，这世界给勇者奖赏

我有一个前同事白羽。这是一个地道的宅女，平时最喜欢看韩国的浪漫爱情剧和日本的动漫，对《犬夜叉》非常熟悉，对欧巴明星了如指掌。

她最大的梦想就是在单位里面一直安安稳稳地工作下去。于是我们开玩笑跟她说，最好赶紧找一个本地人在一起，就能长长久久待在这个城市了，而且不用太辛苦自己买房。

在早些年，让一个女孩子独立买房，还真是一件压力巨大的事情。且不说每个月还房贷就很可怕，拿到工资了再也不能买好看的衣服，不能轻轻松松租房，不能自由自在逛街了。而且，她的家人也催促她，还不如回到老家的小县城，轻而易举就能住上大房子。再相亲结婚，男方一般要买车，会更加惬意。

可是她读了大学，在上海工作过，又回到武汉工作，已经觉得人生适应了这样的城市生活。

她一直犹豫，听从我们的意见，开始尝试着接触一个城市里的男孩。

她谈了一个体育学院的老师，我们旁观者持保留意见，因为她性格这么柔弱，遇到那种力气大却不解文艺的男人，恐怕观念很难统一。

这段感情以无疾而终收场。那个老师相当势利，搞清楚了她的收入状况，加上没有本市户口，就闪人了。

白羽有些难过，埋头工作大半年，决定在假期出门散心。

机缘巧合，有一次她在旅行的时候，认识了一个摄影师，跟这个摄影师恋爱了。这个摄影师不是影楼工作的那种，是电影电视剧圈的。两个人有共同喜欢的影视剧，相谈甚欢，一拍即合。

白羽很开心。

很快她又面临了人生大问题。摄影师是一个长年累月跟着剧组跑的人。主要的工作地点是北京，但他不是北京人，也买不起北京的房子。

怎么办？要不要嫁给北漂的男青年啊？

2

在谈婚论嫁之前，当然是见家长。摄影师带着她坐了十几个小时的火车，然后转皮卡车，来到了内蒙古的大草原。蓝蓝的天空，雪白的云朵。

白羽人生中第一次骑上了高大的骏马，戴着宽边的大帽子，围绕着帐篷毡房，体会了一把游牧民族的生活。摄影师的父母家人，带着少数民族的热情诚恳。

就在那一刻，她忽然笃定了，觉得可以和这个男人一起走进家庭。

她一直很害怕也很抗拒考虑未来，也不想再漂泊在大城市。没想到，因为爱上摄影师，忽然有了勇气。

她辞掉了武汉的工作，在北京找了一份新的工作。

她和摄影师男友租了房子，结婚了。

白羽在武汉的工作是一家历史悠久的老单位，非常传统和保守，上班的时候连QQ都不允许安装。去了北京之后，最终，她跳槽到了一家文化公司。

她在大学本科的专业是英语。她的新工作是总监助理，对接外国翻译作品，充分运用了自己的所学专业。她很开心。

如果一直留在原来那家单位，她的爱情很可能无疾而终，而且只会继续做着不喜欢的事情。

到了北京以后，的确和预料的一样。北京的生活要面对高昂的房租，到处都是天价房子。能够买得起城郊楼盘，已经非常不容易了。

大家劝她，反正很多人都北漂，一直租房，或者在北京多赚点儿钱，回到家乡买房，白羽却不再害怕房贷什么的了。哪怕北京房价是武汉的好几倍。

人生总要为自己争取。

所以，白羽留在北京快五年的时候，下定了决心，她说服老公，一起坚定斗志，在通州定下了一套两居室。

3

以前上班当同事的时候，她数学不好，连报销都觉得头痛。她只知道埋头做事，周末煲鲫鱼汤，看看超市的各色菜。

从买房子开始，总有各种不尽如人意的事情，她陷入了痛苦纠结。收房交房，拖延违约，都遇到了。

她找我求教，我用我过去买房的经验，还有些微记忆的法律知识，给她解释。

一贯文艺女青年的她，把我说的内容都记下来，耐心琢磨法律条款，搞清楚了状况。

最后终于拿了钥匙，存好了装修钱，开始打造自己的家。

她的微信状态，隔几天更新一下。

"今天订好窗帘，定做了若干寝具，明天再跑一趟送过去。不管有多慢，即使一次只能做一点点，几个月后，也会弄完了。"

"我不怕慢，不怕上当受骗买教训，我怕不动，怕不做，怕嫌琐碎，头绪多，我怕看不上做小事，只想一次做出大事一鸣惊人，我怕这样只是眼高手低。"

"我不怕维权，不怕丢脸，我不怕奔波一天还有别的烦恼，我不怕明天继续早起晚归。我都不怕。我只怕自己被不知不觉消磨殆尽。"

看着她的状态，我忽然觉得有点儿感动，以前的那个柔弱无主见的同事，成长为家庭达人，为了生活，强大起来。

她学会了为自己鼓掌，已经不再是过去那个迷茫胆怯的年轻女孩了。

4

回武汉，我们几个老同事重聚，在一家西餐厅吃饭。

她说她喜欢现在的公司，把所有的产品都做得很精致，再累再费心，也觉得有价值。

真的，不管在什么地方工作，都会累。但我们希望累得有价值。她工作的项目，是《纽约时报》评价好书的中文版，她格外负责，细细做好每一步，很快进入了排行榜。

在商场里看见那个作品的漂亮海报时，她觉得无比开心。

新年时，看见她发在朋友圈的消息，她是这样写的："在新家住的第一个早晨，第一个傍晚。昨晚睡得很香，今晚继续。今天开伙，做了排骨海带汤，也很美味。"

配图是一棵刚刚开花的树，姹紫嫣红的，满是春天的气息。

过往的一切辗转反侧和畏惧，都淡出了。

我想，从这一刻开始，她进入了人生的另外一个阶段，那是属于她自己的全新未来。她曾经以为自己会成为一个可怜的大龄剩女，在公司里低声下气。然而，她鼓足勇气，走了出去，没有饿死，还拥有了自己的家。

这个世界，加倍赏给她生活的美好。

梦想可以照进现实

十几岁的时候，谁没想过未来呢？

中学那年，我特别爱好文学，和其他的学生一样崇拜作家，看各种文学杂志。我很喜欢看《小小说选刊》，末尾附带一些闲杂逸事。其中呢，就有一篇文章里写，应该是林斤澜回忆汪曾祺说的那样，"动动手指就来钱"。那时物价低，王老随便一笔稿费，就足够大伙去味道不错的馆子撮一顿。

得，那一刻，我心中顿时升腾起了作家梦。我的作家梦一点儿也不神圣崇高，完全基于这么一个朴素的想法。写写就有稿费可以吃好的，也没有风吹日晒雨打。我开始琢磨起投稿，很快，在武汉的一份小报纸发表了一首诗歌。

回家我才发现，报社寄给我的样报，被我妈拿去擦桌子了。她以为是垃圾广告。我哭笑不得。好在信封还在，里面还有一张纸，解释说，副刊为读者园地，没有稿费。

好吧，我就不生我妈的气了。虽然没有钱，但总算发表处女作了，增加了几分信心。整个高中生涯，我都在文史哲科目上用功，基本上常常全校第一。数学凑合，英语垫底。

高考后填志愿，我选中文，我爹一口否决："读什么中文系呀，万金油，将来不好找工作。"

"那选什么专业？"我不乐意了，中文在我心里是神圣的专业，是通往作家之路。

我爹笑着说："法律好，现在的大热门。再说到了大学，课外还是可以弄你的文学。"

我有些委屈，但也反驳不了我爹，我又不知道大学生活到底是怎么样的，就这样莫名其妙随波逐流去念法律了。然后我发现，读法律也是可以发表文章的，大二投给《光明日报》《中国青年报》几篇法律文章，一两个星期后发表了。样报和稿费寄到系里，收到时我高兴坏了，好几百呢。

我去校外餐馆把炸鸡腿、水煮肉片、酸菜鱼和雪碧可乐点齐了，请上要好的同学一起大吃。这导致此后只要看见我的名字出现在图书馆的报刊上，他们就主动出现在我面前约饭。

我爹没骗我，大学是自由的，学法律不耽误文学，参加学校的玫瑰园诗社，我拿了个省共青团的"一二·九"诗赛特等奖。在杂志发表散文小说，稿费也不少。从此一发不可收，我终于过上了梦寐以求的，动动手指就来钱的日子，没毕业就买了电脑，提前迈向经济独立。

2002年底，离大学毕业还有半年，我提前去了一个心理学刊物求职。老总招聘时直接要了我，理由也很搞笑，法律专业理性，你又能写感性的文学，招你很划算。

那时我已经不偏执了。法律也好，心理学也罢，不管什么专业职业，消化了，不妨碍文学，还有帮助益处。

这个经验，对我的三观改变很大。

人生观、世界观、价值观都刷新了。

你说是感性好还是理性好？你说了不管用。对于他人来说，你能兼顾最好。因为性价比最高。

每当我看到突然就辞职，说走就走去旅行，突然换一种生活的故事，心里都不以为然。因为这样的故事，只讲了一半，不完整。

人生如逆旅，很多人在某一刻，会涌起一种逃跑的冲动。

那一刻，你不想上班，不想结婚，不想愁苦，不想成功，不想拼搏，不想努力，不理睬社会，不关心人类，不要求鲜花赞美，不在乎诋毁，放弃一切，只想听从自己的心，说走就走，奋不顾身。

谁不想做自己呢？

可是做自己，也是一件需要可持续发展的事。社会没有义务惯着你养活你，哪怕你文艺得飞上天，你总有回到地面上吃喝拉撒的时候。

所以我特别喜欢李宗盛的演唱会主题"感性与理性"。

为了获得靠谱的自由，为了过自己想要的生活，我用了八年的时间来做准备。

我开始买房，开始储蓄。我从一个对经济对理财一窍不通的人，渐渐变成一个略有了解的人。从拿到转正后的工资第二年开始，我就每个月按时零存整取。

我在中国的各种报纸上，在网络上，看各种关于房子的研究和争吵。可是，他们吵他们的，我想的是，我要有一个可以自己做主的房子。当你拥有了，你就不必再去浪费心力为这个东西烦恼了。

哪怕当时的房价，是本市人均收入的三四倍。隔了近十年看，本市现在的房价还是三倍左右。

2005年，我在自己二十三岁时，买房了。

既然我有住所了，只需要按时还贷就可以了，为什么不换工作呢？我已经对当时的那本杂志的工作，厌倦了。

我的一个作家朋友，很反对买房，她觉得完全可以一直租房。后来她被房东驱赶，一气之下决定买房时，房价已经变成了天价，真的成为巨大的负担。她很不开心。

我一点儿都没有幸灾乐祸，也没有那种"看吧，当时不听我劝告"的想法。选择了一种生活方式，就是选择为之付出的代价。遗憾的是，她原来没有自己想象的那么豁达，可以承受改变规划的压力。

其实人生肯定充满了意料之外的事，世界上也没有什么完美计划，但是最起码，我可以做好自己该有的准备。

我问自己，你想要过什么样的生活？什么样的生活是我想要的，美好的？好像一下子无法具体形容。但是，我可以从相反的角度，来勾勒那种生活的轮廓。对，我很清楚，我不想要什么样的生活。

我不想朝九晚五，我不想每天都花两个小时以上堵在这个城市的马路上。我不想工作日起来的第一个念头是上班不要迟到，打了卡别被扣钱。

我不想坐吃山空，花光了这个月的，就没钱用了。如果生病了，都没保障。

我不想完全为了稿费，去写自己不喜欢的东西。虽然多多少少要写一些及格线上交差的文章，但大多数时候，我想写让自己高兴舒服的文字。

我不想出去玩还要缩手缩脚，太精打细算，把攻略研究个没完没了，反复比较，找最便宜的旅馆，以至于到了目的地以后，没有真正的惊喜可言。

2007年，我辞职了。说来很好笑，我跟头儿在办公室递辞职信时，居然开始叙旧。说起往日的种种相处合作，我居然洒了几滴热泪。

当我有了人生中第一个二十万元的时候，我就在想，假如我完全不工作了，能不能不依赖他人，完全靠自己吃饭呢？显然二十万完全不算什么，在如今的年代，并不能坐在家里吃很多年。

我又想要自由，可以随心所欲写东西，又不愁温饱，怎么办呢？

我心想，这附近都是大学，再不济，七八百块钱的租金，可以有吧。我又不算那么贪心的人。我只想比银行利息多点儿，把它当一只母鸡，一个月生一个蛋，可以长久吃下去。

再怎么样也不会穷到没饭吃，要去借钱或者蹭亲戚朋友。

2008年，我又开始看房了，下手了一套小公寓，用来收租。

那是世界金融危机爆发的一年。在售楼部，我缴纳了全额房款，结果，那个销售主管偷偷跟我说，你们胆子可真大啊，现在都没几个人敢买了。

可是别人敢不敢，跟我有什么关系？我确信，这吻合我的人生之路就好。我笑笑，也没什么话回答那个销售主管。

我给自己买社保医保。

我在死宅的日子里，一年中，大半的时间自由散漫，但还有一小半，会和圈内朋友约个饭局，了解当下的行业情况，随便跟上风气潮流。

2010年，我开始收租了。

一个背包，一个人，天南地北独自跋涉。自由自在。我不必跟父母交代什么，因为我完全养得起自己，而且照样在沿途写稿赚钱。我给了他们安全感，他们就给我自由，除了叮嘱注意安全，别无他话。

2011年，我又去了一趟厦门，在大家都愿去的那个岛屿上，轻轻松松，认认真真地玩。中间和认识的陌生人聊嗨了，变成朋友，几个人直接约定去下一个地方溜达。

我想这就是我想要的生活。梦想可以照进现实，因为我心甘情愿付出了代价，然后收获。

到今天，我并没有像那些特别有钱的亿万富豪那样物质丰盈。不过，我知道我的那些享受了父母福荫的好处的朋友，动不动就被念叨，被插手人生。当然啦，得到了上一辈的好处，多多少少总得听他们的话。你的自我和自由，必然大打折扣。

这又有什么好羡慕嫉妒恨的呢？我情愿自己年轻时多累一点儿，心安理得过自己的人生。

这就是人生的真相。

你可以拥有自己想要的生活，前提是，你真心为自己去活。

世界很美好，努力才配得到

1

小辉是我大学时代的一个小学妹。我念大三时，她念大二。她在校报做编辑，那时我发表了一堆作品，拿了很多奖，她来采访我，写一篇人物报道。

年少的我心高气傲，中央大报大刊发遍文章，哪里会去在乎校报？我反问她，你最喜欢什么书？

她说最喜欢曼彻斯特写的《光荣与梦想》。这本书，可是新闻界传世之作。我虽然学的是法律，但也久仰大名。

别的新闻系学生就想找个好工作，这家伙却向往着成为一名伟大的记者。我很佩服，但又带着怀疑。

我们一聊之下，很投机，平常很少看见豪爽大气的女孩，于是便成了朋友。

后来她决定考研，在读研这件事情上，她是我见过最执着痛苦又纠结的人。

第一年她很认真准备，每天都去上自习。背着一大袋书和考研的资料，还有一个大的水壶。遗憾的是那年她没有考上。没办法，那个学校的那个专业，她选定的导师，面向全国只招三个人。

第二年她决定换个环境，因为当时她也本科毕业了。因为第一年没有成功，第二年她压力巨大。同学们纷纷参加工作了，有的还找得不错，家里人也催促一个女孩子别那么大野心，回去县城考个公务员算了。

当她觉得压力逼得她喘不过气来的时候就来找我诉苦。她说，你不是学过心理学吗？别客气，拿我开刀练习分析，顺便给我减压。我哭笑不得，但还是很讲义气地听她大倒苦水。

结果第二年她还是没考上，就差那么一点儿。她也快崩溃了，破釜沉舟，决定跟那个学校杠上了。

萎靡不振了小半个冬天之后，她开始第三次攻坚战。这一次，她干脆跑到北京去，在那个学校里面租了房子。

觉得心理压力大的时候，她还是会打电话给我，我也没有什么新鲜的招数可以安慰鼓舞，讲真的，我都被她给搞烦了。我只能跟她说，要想打赢"战争"，身体不能垮。

她听从了我的建议，先从体能上储备力量，坚定斗志。于是她每天围着那个学校里面小小的湖跑步，然后再吃点儿饭，去图书馆泡七八个小时。

我特别不喜欢"皇天不负苦心人"这句俗语，但在这一年，也忍不住在祝贺她的时候说了。

别的同学已经工作了三年之后，她成了北京大学的一名研究

太急没有故事，太缓没有人生

第二章

061

生，开始又一段学生生涯。

原来，她小时候的梦想是进外交部，当一名外交官。可惜高考前，她本来可以保送人大，却一心只想考北大，落榜后调剂到我们就读的普通大学。

大学毕业时，她心不甘，再度选择了特别难考的北大国际关系专业。这场属于她个人的"战争"，整整打了三年。

在她终于读完了研究生，开始找工作的时候，又达不到外交部招人的条件了。时移世易，很多单位部门招人的门槛逐年在提高。

她回武汉办理户籍手续的时候，我做东请客，我问她最后确定去哪儿工作，她有点儿尴尬地笑了。她犹豫了半晌，要求我不能笑话她。

我心里纳闷，找工作有什么好笑的？

她告诉我，是《新京报》。

我有点儿吃惊，真的忍不住笑了出来。

2

我之所以会笑，当然是因为这里面另有故事。

当她大四时，我已经工作了。那时候，她在《光明日报》实习，蹲坐在本地分社办公室，苦于找不到有价值的线索。我上班的刊物大楼，距离她所在的地方只有一百多米，一天下午她终于打电话来求助，实在是绞尽脑汁，不知道报道点儿啥。

我也恰好嫌待在办公室太闷，所以就借外出会见作者约稿的名义，溜出刊物大楼。见到她的时候，我吓了一跳，这家伙满头乱发如杂草，一身汗臭，比男生还邋遢。桌子上堆满了各种报纸，电脑屏幕一片空白。

我笑话她："兄弟，有必要吗？不就是实习，怎么弄成这副德行？"

还没做正式的记者，就搞得跟个新闻民工似的。

她很无奈，推开报纸说，她的指导老师让她自己找新闻线索，但她翻遍各种新闻，都是一些鸡毛蒜皮的街谈巷议，要么就是一些官方会议。

可我从事的杂志，偏向心理学和文学，和新闻不是一回事。我把她面前的本地报纸翻开，忽然看到一条小学升初中择校热的报道。我指给她看，她不以为然，某报是堂堂大报，写这么小的事情能通过老记者的法眼吗？更别说还要过编辑那一关。

她不想丢脸。

我说："新闻关心大事，但我们作家反而不喜欢宏大的，喜欢细致入微有生活气息的东西。大事不是天天有。民生小事，也能折射社会大风气。你试试看嘛！"

她半信半疑，真试试看地写了。

那篇几百字的小报道，两天后上了头版。她终于有了第一个正式发表的实习作品。

万事开头难，其实难在打破心障。有了第一次发稿，她就放轻松了，陆续发了好几篇头版稿。

她的个性也挺受报社老师欣赏。她的指导老师是资深记者，问她想不想做记者，可以直接推荐她去《新京报》。她去推荐的地方待了几个星期后，心里的梦想之火还在燃烧，还是想读书考研，去考北大。

没想到，她读完北大的硕士，还是去了《新京报》工作。

3

那次饭桌上，我开玩笑："还不结婚？现在也是过了三十岁的人了，感觉怎么样？"

她笑嘻嘻："大不了单身，当大龄剩女，我要当犀利的记者，最近申请调到深度报道部门了。"

我为她担心，劝她想清楚。别看都是无冕之王，做新闻也有很多细分类别。深度调查写特稿，接触的都是违法犯罪和严重安全事故，这些恰恰是危险度最高的，有的甚至危及生命。真实的采访过程一点儿不诗意，她一个女孩真的太危险了。

但她说："我想留下自己的名字啊，写出好的报道，你知道我就是这种人。"

她说的没错，2008年汶川大地震，她一个女孩子，不顾危险跑去灾区做志愿者。在路途中，她遇到一支救援的队伍，协助救援搬运，回来后，获得了一纸嘉奖。

她要像《光荣与梦想》里的那些大记者，寻找事实，抵达真相。从国内报道到国外，充分积累实战经验，再去大学或学术机构做研究，做个国际关系的学者。这家伙野心大。外交官的梦想熄灭了，她心里还有另外一个海阔天空的梦想，不曾熄灭。

我也无法再劝她。

有一次网上爆出某起文学界黑幕，全国一片哗然。为了采访当事人，她死缠烂打极力逼迫我去要不熟悉的作家同行的电话。

这种事一而再，再而三，快赶上我另外一个卖保险的同学了。虽然我们是多年老友，但我也不胜其扰，只好把她暂时拉黑。

有一天，一个作家朋友在微信朋友圈发消息说，看到一则报道特别感动。我顺手点开网页，那篇新闻是记者深入某地村庄，采写的一则有关艾滋病孤儿的特别报道。配图里的女记者，正是小辉。

她还是学生时代的打扮，夹克外套，短发，跑鞋，搂着一个神情淡定的孤儿。

那篇报道细致翔实，从小处入手，几乎全是白描手法，呈现了一群不幸的孩子的生存状况。她从前在文字里的炫技文笔现在也消失了，把深情与关怀，都收敛在沉静叙述里，让沉重的现实问题自己浮出水面。

我没有打电话告诉她，你写得真的很赞，我被打动了。我只是默默在心里说，这家伙，终于成长了，成为一个拥有像样作品的真正记者。

在我们文字行业，作品就是最金光闪闪的勋章。铁肩担道义，辣手著文章，任重道远。

4

年轻的时候，人分成三种。

一种人是浑浑噩噩，天天把梦想挂嘴巴上，上学时翘课睡大觉，工作时又怕吃苦，又想偷懒。做做这个职业，干干那份工作，还没厮杀拼斗一番就投降认输。成年之后但求稳定，有一碗饭吃。很多年过去，再变成怨气冲天的中年人。光阴弹指而过，白了少年头。

另外一种是很早就知道自己喜欢什么，想要什么。心无旁骛，沿着一条路走到底，大风大雪，自己一肩扛。甘苦冷暖，闷着头自己知道。最终收获的丰盛闲适，都属于他应得的。

还有一种，一开始不知道自己喜欢什么，后来呢？不知道自己适合做什么。但一路拼一口气，做一件事尽力了，才谈放弃。与此同时，也一直保持学习，为自己添砖加瓦，水火锻炼，走下去，走到柳暗花明又一村。

有人浑浑噩噩，有人少年得志，也有人大器晚成。

太急没有故事，太缓没有人生

第二章

　　人生之旅，殊途同归。到底做什么有意义，过什么生活从不后悔，判断标准在自己心中。就像画油画，一开始打底稿，然后层层叠叠勾描刮涂，中间堆上一团一团的色彩，逐步修饰成型。十多年后，隔远站开观看，轮廓才得以清晰。

　　她经历艰难的自我认知和选择，顶着社会家庭对女性的压力，三年又三年，未能圆一个外交官的梦。不能直接达成，再通过毗邻的行当绕回去。我听说，从突发事故的爆炸现场，到重大经济案件，都有小辉的身影。

　　她的"人生油画"是星空，她追逐的是繁星。

　　小辉同学，愿你摘下闪闪满天星。哪怕岁月漫长，路途迂回曲折，你追逐繁星的过程，会让你不负此生。

即使没有人注视，你也要努力成长

成为大学新生的第一个学年，辅导老师把我们班上的人召集到系会议室，"唰唰唰"，每个人发了一张空白的试卷纸。

他说："来，每个人写写你对大学四年的安排，想要达到什么目标，完成什么理想。"

我转着圆珠笔，开始在那张白纸上写：我要过英语四六级，过计算机二级，我要拿奖学金，我还要评校三好生。我得多参加社团活动锻炼自己，我还得和同学之间搞好关系。

写得差不多了，我扭头看看左边的女生，右边的男生，大致差不多，无非就是多写上了"辅修第二学位""考上研究生"诸如此类。

等到学生们踌躇满志地都写完了，辅导老师收上去，锁进柜子，冲我们笑道："等你们毕业的时候，咱们再对照着看看，实现了多少。"大家答应着"好啊"。

很快，我们从搞不清楚东南西北，到摸清楚了大学的里里外外。图书馆里增加了电脑可以去上网，大学生活动中心每个周末办舞会，新建的食堂比老食堂菜要打得多，期末考试可千万别挂科。圣诞节满大街卖玫瑰，愚人节骗来骗去太好玩了。那个来自北大毕业的副教授讲课方言太重让人昏昏欲睡，世界杯开始了系主任的课也敢逃得只有一半的人。

拿奖学金的要请宿舍的兄弟大吃一顿，上课被点名的时候才有人帮忙代喊"到"。网游开始普及的时候，寝室里白天基本上没什么人。

不过，也总有同学崭露头角，和其他人拉开了距离，功课很好，能力也强，素质更佳，演讲、辩论、歌唱、舞蹈、踢球、写诗，等等，各领风骚。

渐渐地，真的都忘记了那些纸上写过的东西。

毕业终于临近了。时间呀，犹如白驹过隙，你只来得及看见一道影子。

整个年级分为两个大班，负责我们那个大班的辅导老师，在毕业时开了一个会。那些白纸发下来的时候，有人难过得想哭，有人默然，也有人无愧于心面带微笑，估计是当年列出的都圆满完成。至于我，我大概完成了七成，有些唏嘘，有些遗憾，也有些伤感。

那一刻，大家似乎忽然意识到，什么叫长大，长大原来是从前的自己和当下的自己，一起摆在眼前。

这时辅导老师忽然冷不丁开起玩笑来："你们这些猴子，四年读下来，自己大概看不到，我是一点一滴看得很清楚呀，一个个终于变成人。"

这话真奇怪，怎么理解？

"有的女生啊，大一的时候，吃完饭嘴都不擦，嘴角还带着油光，就到办公室来找我问事情。男生呢，胡子也不刮，邋里邋遢。现在呢，女生基本上学会打扮化妆，有了看相，男生也知道穿西装衬衫，皮鞋擦亮，胡子刮干净，头发做个造型。大家进化了，都有了人样。"

那一刻，我们都笑了。

毕业多年后，当我回望新生第一年，思考得更多，熏陶其实是由内而外，又由表及里的，我的时髦室友跟我普及了衣服怎么搭配会帅一点儿，擅长写文章的我教会了同学论文怎么写才合格，从农村来的孩子电脑手机玩熟了，城市娇生惯养的习惯了容让相处……

那些列在纸上的东西，很重要，那些没有列在纸上的更重要。我们都曾是中学生，也许不一定都变成大学生。但那些更重要的东西，是每个年轻人都绕不开的。

怎么从毛躁粗糙的小猴子，变成一个像样的人呢？此刻答案应该已经浮现在你心中。

从此，我们对生活的要求，不再是粗糙厮混，而是活得有人的样子，有人的追求了。

太急没有故事，太缓没有人生

第二章

未来的你，一定会感谢现在拼命的自己

人生有巨大的不确定性。

我从小就挺宅，不爱跟其他孩子玩，十七岁那年开始，我在法律系的教室，听到各种故事，很多让我瞠目结舌。大学时写作很顺利，也只是笔头功夫。

然后毕业我去了一家心理学杂志社。我纯属好奇。

我并不知道，我打开了人间的潘多拉盒子，见到深深海底才有的奇异斑斓。

当时，我的单位硬性规定必须值夜班接咨询热线电话，当然了，夜晚回家不方便，会给五十块钱的车费补助。

我们好几个同事不乐意，说，为什么不邀请社会义工参与呢？

领导回答，社会义工根本没有知识背景，有的自己都有问题，不像你们天天熏陶，有基础。

但是当时的我们，写一篇文章几百块，谁也不乐意浪费时间在这件事上。

不过，我又有一点儿好奇心。我之所以选择这家杂志工作，就因为怀着对他人的好奇心。说得俗一点儿，其实是一种写作偷窥欲。

说不定有精彩故事呢？

就这样，我怀着不满，讨价还价协商后，愿意一周接听三次，并且增加我的编辑版面，相当于间接提高补助。

在深夜，我开始跟全国各地无数千奇百怪的人谈心谈人生，各种你能够想象到的奇葩人士边缘故事，时间久了，便司空见惯。用术语来说，叫脱敏。

比如动不动就有人打过来，哭着嚷嚷要自杀，准备放弃一切。至于失恋的，被父母抛弃的，说自己破产的，层出不穷。

有的故事，让你难过落泪，有的故事，让你愤怒。但这些情绪都得控制好。一般我接到了问题，会按照电话咨询手册的标准回答来应付。应付不了，请他们接着明天打电话。

也有纯粹是无聊搞笑的人，电话一打过来，就唱歌，问我唱得好听吗？说自己有个梦想，成为歌星。我只能忍住笑，闲聊几句，建议他不要耽误他人宝贵的求助时间。

当然了，我会把搞不懂的问题，隔天询问那些知道怎么回事的人。

后来我又玩票性质当了半年记者，一会儿飞去北京采访高级官员，一会儿去小城市参与医学会议，一会儿去山村了解底层人的生活。

最终，我变成了一个见多识广的人。

后来，我去很多的大学和知名企业做讲座。登台讲座浑然忘我，从不紧张，效果奇佳。我自己都想不到，我当年接热线电话，会锻炼出表达能力。

那些我不喜欢的、我厌烦的、我抗拒的人生阅历，一点点构成了我。不知不觉，居然功夫就上了身，一出手，还很吓人。

十来年以后回顾，我发现我做过很多事情，有过很多积累。

不管是压力之下被迫去做的工作，还是我自己出于兴趣爱好去客串的事情，我都去做了。

十年前我扇动翅膀，构成了当下的我。

有一部电影叫《蝴蝶效应》，我当时看的时候，当科幻片看的。但多年以后，我另外有看法。伊万总希望能通过改变自己的过去，来造就满意的当下。但事实上，过去就是过去，牵一发而动全身。

男主角每次回到过去修改，都会导致一连串的时空扭曲，事情的发展跟着改变，失去控制。

蝴蝶效应的故事源头是，气象学家说南美洲的蝴蝶扇一下翅膀，通过种种因素，就可能引起亚洲地区的一阵台风。

这个故事本身在气候学科研究里，是不大被承认的。蝴蝶扇动风暴的概率极小，受很多因素影响。

但对于人生来说，正是一个一个的转折所造就的。人跟昆虫不能机械类比，人的力量和未来，一旦开窍上道，汲取知识和智慧，勇猛精进，不可思议，超过想象。就像普通的师范大学毕业的马云，奔波推销网络黄页的时候，不可能预估到今天的中国互联网企业老大的位置。

我们在这世上，选择什么就成为什么。你是什么，你便选择什么。人被塑造，也自己塑造自己。做过的事情涌出的念头，构成了此时此刻的我们，再走向下一步。

十年前，我是一个怀有好奇心的人，我也是一个想要摆脱既定生活的人。

我放弃父亲本来找过的关系，没有去枯燥的单位上班，我放弃了政府网站总编的邀请，去了心理学杂志社，我想搞清楚心中的各种困惑。我很早就买房，然后又放弃工作，选择自由职业。

就这样，我一步一步变成了现在的我。

如果当初我完全拒绝了深夜值班电话，我或许就一直埋头编辑稿子沉浸写作，不怎么跟外界进行语言沟通。

而现在，很可能，我会在一场又一场的讲座之后，成为一个演讲达人。

深宅写作带给我宁静，带给我自我的对话与沉思。而讲座，我在很多次现场面对面的交流中，遇到很多有趣的细节，很特别的现象，甚至碰撞出很多奇妙精彩的火花。我得以验证思索结果，修正观点，继续累积阅历。

人本身，才是最大的资源宝库。人生可以规划，并且要努力，但不该死板僵硬地去执行，也不要拒绝尝试改变。遭遇失败，要能反思，然后站起来。

最终，我们都会完成自己的一生。如今我很明确自己要什么，并且朝着方向走下去。如果沿途还有惊喜和改变，我也会凝视它，思考它，审视它，选择它。

荣耀声名、经济回报，都是附属而来的，辅助我们获得更多的人生自由和内心满足。

我一直怀着这种笃定。

太急没有故事，太缓没有人生

第二章

不是你不努力，而是思维方式需要更新

在我的大学时代，体育课让所有同学都很头痛！

按照规定我们的课程一共有二十二个项目，包括跑步跳远单杠双杠，投篮游泳踢毽子，甚至还要倒立和学武术打拳。有的男生体能很不错，而且还是学校足球队的，上课时自信满满，结果踢毽子没及格。有的男生长跑非常厉害，但是下了游泳池，怕水怕得就跟落水猫一样。

至于我自己，踢毽子也没有及格。但是连我自己都没有想到，我游泳及格了。

在此之前，我没有学过一天游泳。体育老师教了我们几个动作，逼迫着大家下水。一个班三十多个人，根本没办法一个一个好好教。之后体育老师说，只要能够浮起来，游到对面的岸边，哪怕是狗刨式，也让你们及格过关。

就这样，我自己摸索着学会了游泳。我就像一只青蛙，笨拙地游到了对岸。

毕业之后的十几年，我夏天常去游泳，每次都全身疲倦，坚持得非常辛苦。但我又想坚持，因为游泳的好处太多了。对于我这种作家，比较缺乏有强度的全身运动，因为写作，肩膀颈椎手腕过度疲劳，肩周炎颈椎病肌腱炎，通通都有，而且随着年岁增加越来越严重。游泳恰好可以改善这些病症。

讲到这里，你可能以为我要强调的是，控制住自己，坚持锻炼身体。其实，我想说的是我遇到的另外一个真实的故事。

去年年底，我家附近开了一个全新的游泳馆。这个游泳馆号称有全自动净水循环系统，并且冬天寒冷时，足量开温水。很多游泳馆为了节省费用，并没有足量放热水，我以前常常去的某大学游泳馆就是这样的。

我在这家新开的游泳馆里面，游了1000米，一身疲惫爬上岸。我对自己说，又坚持运动锻炼了，累也值得。

旁边那个年轻的救生员男孩终于忍不住了，他跟我说："我看你常常游泳，是办了卡的吧！"

我说是啊！

他接着说："但是我看你每次都游得好辛苦，是刚刚学的吗？"我有点儿不高兴，怎么会呢，我游了十几年了。他说："那你是不是感觉游得很吃力？"我吃了一惊，点头说是啊！他告诉我："那是因为你用的动作姿势错了啊！"我心里在想，这家伙该不会是推销他自己的教练课程吧！

平时常常在健身会所遇到这种教练。只要你继续跟他聊天，他就会跟你说，有什么样的课程适合你，需要收费多少。

我倒不是觉得不应该收费。每个人的知识劳动都有它的价值，我只是认为这价格里面有很大的水分。根据我对人性的了解，大多数人都不喜欢自己运动或者做事时，还有人在旁边指指点点。而且很多人交了钱以后，也很难坚持下去。

像我这么讨厌运动的人，能够坚持去游泳，已经是莫大的奇迹了。要是让我再交钱去上什么课程，最后肯定是浪费。

结果这个救生员就说："你可以找教练上游泳课，学一下正确的姿势。我们都是体育学院毕业的，可以教你。"

我笑了，果然如此。

我正打算拒绝他，他已经直接趴在地上，一边演练动作，一边解释应该怎样划水。

这是个很年轻的男孩，估计他脸皮太薄，虽然公司培训了怎么搭讪推销，但他还不好意思死缠烂打。

另外一个原因也许是，他熟知正确的游泳动作，对我的错误游法，实在是看不下去了。

"动作不要太匆忙，换气的时候等待三秒钟，自己利用水的浮力，浮上来换气。"

"划水的时候，大腿要收拢，小腿要打开画圈圈。这样才能保证重心一直在下半身，反推力往前。"

我照着他教我的游起来。第一次觉得别扭，还是有点儿手忙脚乱。第二次纠正换气，但是没有纠正小腿，更加费力。第三次都纠正过来了，但还是没能找到那种感觉。我休息十分钟，他下水又示范了一下。第五次的时候我找到了感觉。就这样，不知不觉，我居然游了二三十个来回。最后上岸的时候，全身很舒服，并且觉得精神抖擞，一扫过往的疲惫不堪。直到这次经历，我才真正喜欢上了游泳。

原来，我可以专注地游泳，得到锻炼，并且精力充沛，身体还不累。以专业的办法去做一件事情，从中得到快乐和良好的回报，下一次再去，根本就不必强逼自己，而是巴不得一有时间就去。

要想学习到正确的东西，太需要克服偏见和心理僵化。

人有一种巨大的惯性。因为害怕被骗，干脆拒绝进一步学习。因为害怕改变，害怕丢脸，就拒绝专业指导，情愿用错误的方式持续下去。如果我用错误的方式继续下去，并不会缓解我的写作职业病，反而会加重。

有一种惯常的说法叫"听过很多道理，却依然过不好这一生"。这是因为，道理就像正确的游泳姿势，是技能层面的。若心理层面大门深锁，就算是听了，还是会错过。对人生态度的省悟，对行为认知的审视，才是内心层面的。这让我觉察自己的深处问题之所在，是我的行为模式和内在认知出了毛病。

哪怕是在游泳这么一件很小的事情上，隔了十五年时间，机缘巧合，我才得以真正修正。如果那个年轻男孩喋喋不休推销收费的游泳课，我大概会满心排斥，继续错下去。

掌握了认知方法，我仍然是不完美的，充满不足还会犯错，但我的纠正能力超过了从前的自己，也超过了很多固执的人。这令我有机会成为更好的自己。

生命是活的，唯有流动，才不会臭腐变质。有一颗柔软之心，才能去接纳和不断调整。少一些僵硬顽固，这才是真正的成长。

太急没有故事，太缓没有人生

第二章

你所谓的迷茫，其实只是贪心

1

先说个有趣的小事。

有一次我去一家著名的杂志社，拜访我的前同事小西。因为我在她那边发表了不少小说，她准备请我吃饭，顺便谈谈新的专栏邀约。

结果当我抵达了那家杂志社，在门口的保卫处填写访客登记时，恰好那家杂志的主编从办公室出来，巡视了一下员工们有没有在认真工作。

那个主编一抬眼看到我，就过来跟我打招呼。一边说欢迎大作家来做客，一边想起了什么："对了，刚才我们下半月刊的编辑主任不是说，出去约作者吃饭谈新的合作吗？我才签的会客单呢！你怎么还在我们单位呀？"

我愣住了，因为我当天根本就没有约那个下半月刊的编辑主任呀！

不过当主编的人都挺忙的，一转头就有人喊她，说财务在她办公室等着她签字。

等我和小西在一家餐厅碰头以后，我就问她，"你不是负责上半月刊吗？怎么会变成下半月刊的主任约的我？"

小西想了想，明白了，直接告诉我答案。

其实就是因为他们单位有一个会客单假条制度，可以名正言顺地翘班。

他们常常打着拜会作者的名义出门。至于我呢，是他们杂志社的主力作者之一，干脆就直接拿我当借口，而且因为都在本市，所以打着我的幌子次数最多。

我忍不住哈哈笑了。

2

因为这件事儿，我和小西一起回忆起在前单位的工作经历。

小西毕业于华科大中文系，她说："最大的梦想就是找一份朝九晚五的工作，轻轻松松，所以当年才选择当编辑。"

我当时在旁边附和说："我也是，就是想着编辑工作没有那么强的压力，看看文章，多读书，约约稿，就放弃了自己的本专业，来了这儿。"

结果我们发现，做编辑并不轻松。名家好稿人人争着抢，每个月的竞争都很激烈。日常还要排班值班，一审二审三审，编辑校对了再给专职校对。平时还常常要开会，如何改善版面提高文章质量。

那个时候我和小西，还有另外一个新人，是竞争关系。大家

太急没有故事，太缓没有人生

第二章

都是年轻人，都不甘心向谁认输。领导要求早上九点钟到，我们八点半就到了。每个月原本只需要交三十篇稿件，但我们准备了六十篇，随时用来候补替换。

有些栏目酬劳不高，为了证明自己的编辑能力和作者资源，我就自己写了交上去。反正是匿名审稿，全看稿子本身写得好不好。

我们每天不断地向全国各路名家约稿。

谁编辑的文章好，被全国畅销的知名文摘杂志转载，被中央人民广播电台录播，被电视台摘编，单位还会发放奖励。

于是我们又积极地去研究文摘杂志的风格，只为了编出质量好又容易被转载的文章。下班了，我们还不走，在单位的综合阅览室翻阅各家刊物做研究。不蒸馒头争口气，累就累一点儿吧！

就这么竞争着，有一天我们集体在办公室感叹，这么明争暗斗真的好累啊！咱们是不是太拼了？其实，编辑费又不多，奖励也才一两百。

小西感叹说："我的近视度数都加深了。而且听说单位最近要招新人呢！领导去本市几所著名大学招聘。还听说，原先的主任辞职了，空出一个位置。"

这个时候我们已经在同一个单位工作了两年。

很快，小西和另外一位女同事，一起被新单位挖走了。

她们因为勤奋，在期刊界有了口碑。而我呢？编稿没有她们那么勤奋，但我写作很用心，她们两个跳槽的时候，我出版了人生中第一本书。

老总挽留我，由我做编辑主任。但那个时候我已经有了谈判的资本，我要求一周只坐班三天，剩下的时间我自己安排，保证完成好工作。

老总同意了。

于是就发生了开头的那一幕。她们两个成了国内有名的大杂志社的编辑主任。我成了一个拥有一定自由度的名作家。

当我的书更加畅销，收入更加高的时候，我买了房，后来我彻底辞职了，得到了梦寐以求的大量自由。

成了主任的小西，收入当然也比以前高，还可以直接填写会客单拜访作者，这是编辑主任的权力。其实，就是趁机出来玩。

因为过去的勤奋，积累了充分的经验，足够的作者人脉，现在的小西，足以高效率地完成稿件编辑，工作并不会受到影响。小西基本上实现了最初的心愿，工作变得比较舒服轻松。

所以哪怕她们都打着见我的名义出来放风溜达，而且还穿帮了，主编也没把她们怎么样，只不过是私下里提醒警告一下。她们两个都是主力干将，忙里偷闲无伤大雅。

说到本质上，我们的自由，我们的轻松，是我们自己争取到的。

3

人的天性就是好逸恶劳的。但人也有追逐成功，变得更优秀的天性。

在我离开杂志行业以后，兼职做了一段时间的新闻记者。有一次我采访一家知名酒店的总经理。采访过程中，我看他的助手明显有点儿心不在焉，还打了个哈欠，一看就是前一天熬夜了。

过了一段时间，和那个酒店总经理碰头的时候，他换了助理。闲聊中，我问起之前的那个小助理的情况。这个总经理露出哭笑不得的表情。

他说新生代跟他这个70年代的人代沟太大了。他特别叮嘱小助理，你的外形不错，如果想要谋取更好的发展，在酒店升职，应该继续学一点儿小语种，结果小助理说，每天上班太累了，一个月有三千块钱足够了，他只想早点儿下班去玩，不想升职。

我乐了，问这个总经理，所以你把他炒鱿鱼啦？

他摇头。

原来他还没决定要不要换新助理，犹豫着给这个年轻人机会，换到别的岗位试试看，小助理就主动提出辞职了。辞职理由是，不喜欢一天到晚安排行程订机票联络客户，觉得很无聊。

这个小助理令酒店总经理这个70年代的人印象深刻，所以，他回头让人力资源部拿招聘记录来看，这个小助理在来酒店上班前，已经换了四家公司。

看来，那个年轻人始终没能找到轻轻松松舒舒服服，拿三千块钱一直混下去的工作。

其实，如果他把本职工作做好，本可以过渡到更加轻松的岗位。跳槽太频繁，每份工作都没能积累起经验能力，没有底气和资本，就没法跟老板讨价还价。

除非是所谓的"二代"，或者有特殊关系安排进单位的闲差，在这个世界上，舒服轻松的工作根本不是找来的，而是自己一点一滴打造出来的。至于年轻时所谓的迷茫，其实只是贪心，又想要功成名就，又想要舒服。

你还那么年轻，却希望轻轻松松、舒舒服服，荒废的只会是你自己。

不忘初心，不负韶华

在湿润的春天，在世界读书日，我去成都一趟。这一趟的行程是签售见面会和大学讲座。从四川大学到凯德天府广场，年轻学生、电视台报纸的记者、书店的工作人员，问了我许多的问题。

大部分问题后来我都忘记了，有一个问题，我印象特别深刻。有个年轻人问我："沈老师，到底什么叫不忘初心？"

这个问题真好。

其实不止一个人问过我。

一个人的"不忘初心"到底是什么意思呢？我很认真地琢磨过。

第一个层次的理解，初心就是最初的梦想。

我的童年，大人们特别喜欢问小孩子，你长大了想做什么？当我被问到的时候，我就骄傲地回答，我想成为一个科学家。

太急没有故事，太缓没有人生

第二章

我在家族族谱上的名字，叫家科。按照中国的传统，子子孙孙和直系血缘的亲属晚辈，会被刻在祖辈墓碑上。

这个名字是爷爷为我取的，寓意科学家。因为爷爷希望我变成一个科学家。在那个年代，这是最流行的梦想。但这是我真正的初心吗？这不是。

五六岁的小孩子，什么都不懂，嘴巴上嚷嚷的，并不是自己真实的想法，不过是大人灌输的意志。

长大后，我完全背道而驰，成为了一个作家。

因为中学时代我看了文学杂志上的作家逸闻，很羡慕当作家的自由自在，虽然辛劳，但还是可以有尊严地养活自己，我开始想当一个作家。

在我们生命中，真正的初心，必然是源自我们自己。在我们真正知道那个梦想到底是怎么一回事之后，所涌出的渴望。

哪怕那是最亲的人对我们的寄望，如果我们自己不接受，不喜欢，不认同，就不能算是我们的初心。

我们每个人多多少少都有这样的经历，有生之初，似一张白纸，谁都可以涂抹几笔。但实际上，我们是有独立意识的个体，我们的内在灵魂是陶泥，如果这个人捏一下，那个人揉一把，渐渐就会奇形怪状。

我们要剔除别人强加的东西。

初心，是我们自己想清楚了以后，所要成为的样子。

在我的理解里，不忘初心第二个层面的意思是，它从你的内心诞生，你知道它意味着什么，你懂得你要去承担什么。

哪怕道路曲折，征途漫长，你还是记得你想要的星辰大海。

如果暂时不能直接抵达，你也愿意为之坚守，有朝一日，你还会重新回到那样东西上面。不计成败，也要享受那个过程的快乐。那是我们自己对自己的成全。

未经时间考验的梦想，是不能叫初心的。轻而易举就动摇变卦，别人说几句就怀疑自我，遇到辛苦艰难就放弃，那不是初心，那只是随便一提的借口。

我想当一个作家，但是到了高考填报志愿的时候，我的父亲告诉我，社会热门是法律。而我没有经济独立，也不知道学法律专业的价值。

我屈从了父亲，从大学的法学院毕业。

然而，我在大学里的四年时间，猛烈地写作。别的同学在谈恋爱打游戏，我在图书馆写作，在宿舍写作，在课堂上写作。

我甚至被法学院副院长逮住，没认真听讲，反而在写我的文学作品。我付出了双倍的时间。一部分用来学法律，让自己学业及格，拿到奖学金。另外一部分时间，在中国特别重要的大报和文学杂志发表了大量作品。

当我的稿费超过了父母的月工资，我终于可以选择自己想做的工作了，并且拒绝了家里安排的关系。我的大学生涯，比其他同学辛苦太多了。但我乐在其中。

大学毕业后，我放弃了很多其他行业机会，一直没放弃写作。

中间经历了一段非常难熬的日子。一度，我自己和我的家人，都觉得靠写作是无法维持生活的。我跑过报纸的新闻，当过特约评论员，也开过淘宝店。其实我并不喜欢这些工作或兼职。

但那都是我所付出的代价，只为了彻底自由地写作。

我处心积虑攒钱解决生活顾虑，最后彻底成为了一个自由写作者。

我为了自由的梦想，为了成为一个自己对自己负责的作家，耗费了十年光阴。

初心如此珍贵，值得我们倾所有努力去保有。

我特别喜欢已故老诗人曾卓的诗歌。他的一生，历尽入狱，被打倒，多年后平反，写出了大量感人的诗句。

像是《有赠》里的："我忍不住啜泣，当你的眼泪滴在我的手背，你愿这样握着我的手走向人生的长途吗？"

但我最为记忆深刻的，是他弥留之际留下的两句感叹："这一切都很好，这一切都很美。"

人世间的苦难黑暗没有压倒他。他的心中一定仍然保留最深的爱意。所以历尽苦难，最终却以最温柔的句子，作为他告别世界的致辞。他回到了一个诗人的初心。

我想，这才是"不忘初心，方得始终"的本义。

一个人想要成长，绝处也能逢生

上个世纪，我初入大学，有一天我趴在学校的湖边写诗，一个男生凑过来搭讪，把我的诗要去看了，夸得天花乱坠。你看，人都喜欢听好话。何况当时天真幼稚的我。于是我对他好感顿生，问他是否也喜欢文学。他回答我，他喜欢英文写作。

这可真是高大上啊。然后他还告诉我，在高中的时候他就给BBC投稿，还被播送了。我对他可真是刮目相看。我们因此成了好朋友。十年当中，我帮他"修改"过很多次文章，有几篇发表在中央级大报上。

尤其是伴随着时间的检点，我发现当年他说的在BBC发表文字完全不可靠，根本就是不靠谱的吹牛。就是这样一个人，很让人讨厌不是吗？

然而……渐渐熟知对方后，我了解更多。

他在中学时代，路过家乡某个角落，看到了一名弃婴。他抱着孩子回了家。于是，他的母亲收养了这个孩子。这是个女孩，原本会夭折，默默无闻死在人间。但是，遇到了他，他带她回家了，小女孩渐渐长大了，拥有了两个哥哥和一个母亲。哦，对了，我要补充的是，我的这个同学好友，他本身是单亲家庭，很早时，父亲就抛弃了他和弟弟及母亲。他的青春期其实是混混，后来立志洗心革面，考上大学。

大学他到处兼职，食堂里的可乐纸杯子，他也会收拾拿去卖废品换钱，他打多份零工，自己付学费买电脑。结果他成为整个大班上，第一个买电脑的人。

他赚钱供弟弟上大学。那年我去北京参加中国青年报社的笔会，他弟弟去火车站接我，我才知道他弟弟居然上的是学费高昂的北京服装学院。去年再见到他收养的小姑娘，长大了许多，活泼开朗，口齿伶俐，理想是去银行做白领。

认识他十年，学习如何与这样的同学做朋友的过程里，我实在是获益良多。

大约是在2004年，我去他的办公室玩，惊奇地看见他桌子上堆了很多报纸和官方文件复印件。我看了一下，全部都是本市相关的内容。有未来二十年本市的地铁规划图，有本地党报的科技开发区的投资曲线，有很多楼盘方位。

就这样，大学毕业第一年，他买房了。关于在大城市买房这件事的重要性，尤其是对于中国人而已，应该不必我多说。

我信任一个做出决定前，认真做研究的人。作为一个作家，我几乎毫不考虑地跟着他的选择买房。

这十年里，他买了四套房。他只靠自己的积蓄，因而无法大量投资。但在眼光和规划能力上，他和最顶级的高手是一样的。

尤其是，他当时不只是没有积累，基本上就是穷光蛋一个，所有的钱都是东拼西凑的。这让他过得超级精打细算。在我一生之中，从来没见过一个人有他这样的精打细算。

多年以后，我在连岳的一篇文字里，读到他翻译的一个美国学者的观点，和这个同学非常吻合。

这个美国学者是尼克松和里根的顾问，他的观点是：一般人认为下等阶层是由于失业及低收入造成的。但事实是相反的，是下等阶层的品质导致失业和低收入。上等阶层的品质有三个：

1.自我约束能力强；

2.更看重未来；

3.愿意为更好的未来牺牲当下的快感。

我的这位同学的自我约束力极其强，电脑里每一年的开支和入账，都清晰无比，一目了然。他的目标是成为千万富翁。他在循环利用信用卡付首期，亲朋好友到处借钱的过程里，还要每个月还房贷，上班和读研究生。精神压力之大，很少有人坚持得了。但他愣是可以停下来。

这么说起来，他似乎很苦。但其实，他又是个极其狡猾的人，他只是不花自己的钱，从来不放过各种饭局和打折，吃喝玩乐也没省下来。那些房子的地段后来飞快繁荣，升值翻倍。

当时四套房子总价值两百万。到今天翻倍之后，已经接近五百万了。这些房子现在在收租，房租一年一年涨起来，还完房贷，就变成了纯收入。

而我帮他改过无数的文章，甚至捉刀好几次。当他求职、写论文的时候，发挥了很大的作用。他读完硕士读博士，然后大学任教，从普通一本院校毕业，变成了中国前五的著名高校博士。他从自己不会写文章，到自己也能写东西，那么这意味着他的职称很容易进阶，他的工作收入会更加多。

财富、名誉、地位这些东西吧，都很有趣，一旦你拥有，就来得越容易。这只是人生的第一个十年。他的千万富翁的人生目标，指日可待。

十年前，他是同学里最穷的，十年后，他是同学里总资产最多的。我们且不谈有家庭背景的人，只谈个人奋斗。他算是一个很棒的例子。

回到当年那个时代背景，房子是很便宜，但是有多少人抓得住这样的机会？不关心社会经济，不知道自己所在城市的未来规划，不愿意吃苦忍耐的人，根本就不会也不敢下手。

第三章

先熬得起冷暖自知，

才能被别人感同身受

把再见当作一个好的开始

以前看美剧《丑女贝蒂》，那里面有个类似穿Prada的恶魔的女主编。其实这个女主编精明能干，不缺吃吃喝喝和名牌，家族里也有不少的财产，但她就是喜欢做时尚杂志行业，而她喜欢的时尚刊物集团，偏偏属于别的家族，这个家族的继承人是个做杂志无能的废材花花公子，她只好一直屈居人下，没有最终的定稿权。

这个女主编最终生病住院，仍然惦记着工作，指挥秘书助理干活，累死累活，身边没有伴侣，也没有子女，只有对手敌人。病床隔壁的一个老太太反问她：何为人生真谛？原来真正需要的是家庭亲情陪伴。

冰冷的事业，代替不了温暖感情。这个女主编听了以后，若有所思，脸上露出悲伤沉痛的表情。

良久，她猛然坐起身，一把拔掉输液管，从病床离开，站起来就直接回家。

她终于明白了自己真正想要的是什么。没错，她要的就是那顶级时尚杂志的事业，就是想成为真正的时尚老板。她才不要磨磨叽叽小鸡肚肠的温馨家庭生活。

她立刻就要回到自己的拼搏战场，拿出所有资产，要把这个时尚杂志集团完整夺过来，掌控在自己手里。

我当时看了这个细节，很是惊讶了好一会儿。

但我又特别理解她。因为这真的代表了现代女性当中，最独立自主的一部分，她们想要掌握自己的命运。

这世界固然平凡者居多，接纳平凡也是福气。但总有一些人，他们要的从来都不是岁月静好、现世安稳这种东西。

对于他们来说，无论如何都无法忍受做一个平凡人的痛苦。这事没有道理可讲，那种人，还是这部美剧，在第四季第十一集，女主角贝蒂跟男友要分别。他们一个在乎事业，一个想要换一种人生去活，最终不得不分手。在临别之际，贝蒂写了一篇感怀文章。当然，那其实是编剧的手笔，引用分享给更多的人——"我总不愿意说再见，似乎每个人都这样，但我们不得不说再见。因为人生总有许多时候必须告别。无论我们经历多少次痛苦分开，哪怕是为了对方好而分开，这依然令人沮丧。

"虽然我们永远都不会忘记我们所放弃的，但我们依然要继续前进。我们不能总活在害怕说再见的阴影里，因为生活里永远都会有再见。

"请记得，诀窍是，把再见当作一个好的开始，在我们重新启程时。"

这同样是人生的"明心"时刻。

在这一刻，我们要看明白自己的心。究竟是满足于现在，还是更加渴望去过不一样的人生？

在当时那一刻，自己心中最想要的是什么？

贝蒂原本只是个懵懂小编，她对女主编是爱恨交加，又敬畏，又不满。但至少她在这个女魔头身上，学习到了一件极为重要的事，诚实面对自己的心。

女主编好财虚荣，热衷时尚，家庭事业各有取舍，历尽纠结，病痛折磨，终于对自己承认，最爱的还是事业。贝蒂同样如此，她同样怀着真挚的爱，但她更加享受搞定一个个工作难题的成就感，享受名利场上不懈战斗的乐趣。

让战斗者去战斗，让小确幸者追求小确幸。

先熬得起冷暖自知，才能被别人感同身受

第三章

功不唐捐，玉汝于成

　　看一个节目，中国台湾作家吴淡如说自己出道的时候，和侯文咏等年轻作家被台湾老一辈作家狂批庸俗不够文学，她站出来跟老一辈打笔仗。

　　后来她自己成名了，书非常畅销，遇到年轻作家都是鼓励表扬，关爱有加。于是台湾的那一批霸道官僚气的老作家，就这样被又一代人取替了。

　　我觉得挺感动的，为吴淡如喝一声彩。这是特别好的开始，终于进入良性循环。

　　巧得很，出门翻阅闲书，看到大前研一在他的著作《低欲望社会》里谈日本的国家债务：

　　"日本的发展阻碍是1300万亿日元的国债。按现在的形势，这笔债务只能由下一代来偿还，这相当于让背负国家未来的年轻人从负数开始奋斗。我坚决反对这种做法。自己这代人产生的债务就该自己偿还，不应该把债务留给下一代。"

这书，令我对大前研一相当敬佩。

虽然这两个人的领域不同，却殊途同归。

这世上除了有屠龙少年变恶龙的故事，还有屠龙以后不变恶龙的人，反过来还提携帮助新秀打开新局面。有的预言家可能会哭天抢地，这不符合剧情。然而青山遮不住，毕竟东流去。

有人自己受苦过，从此发愿，自己绝不要延续恶性循环。斩断闭环，天高海阔。

有人自己被折磨过，就巴不得后来者也被自己折磨。譬如当年自己念大学没有空调热水，就瞧不惯现在的大学生享受着冷气和洗热水澡，认为他们吃不得苦。这种我不好过你也不能好过的心理，实属扭曲卑下。

在法律面前，每个人是平等的。但是在广阔的现实世界里，人是有高低贵贱之分的，人品心胸始终第一重要。

如果个个觉得自己屠龙后就会变质化为恶龙，那世界就真的没救了。还没去改变世界，你就选择了看好黑化，今天控诉的意义何在呢？那只能说明，本身就是恶龙，披着少年皮罢了。

世上的至善美好，从来都是迂回曲折，方能修成正果。

唯深谙黑暗而执着光明，拥有公牛般厮杀的力量，又能细嗅一朵小花的清香，才是我们永恒的上升之源。功不唐捐，玉汝于成。

可以逃避现实，但不能逃避人生

来信：

今天是我的生日，去年许的愿望还没实现，今年又许了同样的愿望：希望所有坚持的梦想都能开花结果。

我不知道是不是所有的相遇都是久别重逢，但我相信所有的相遇都事出有因，很想与你分享我的故事。

我有一些困惑，有一些暂时得不到答案的问题。所以我想听听你的意见。

1.我比一年前更成熟，也考虑得更多更周到，我知道想要成为一个了不起的作家不能急功近利，读书写字本就急不来。虽然爸妈都很支持我追求自己的梦想，可是还有一年多就大学毕业，要独自承担生活的压力，面临生存问题。

2.我相信每个人都有点儿虚荣和欲望，所以老实说我也想成为一个名利双收的作家，坦白点儿说就是想红也想发财。但现在摆在我面前的问题是，名和利只能二选一，或者什么都没有。我应该为了稿费，而投其所好地写一些文章；还是做自己，写自己想写的，坚持自己的风格，哪怕一分钱也没有。

好像一切才刚刚起步，未来还会有许多不确定和无从知晓的困惑。我明白未来的路还很长，所以还是那句不忘初心，贵在坚持。晚安。

（小轮）

回复：

看到这个问题的时候，坦白讲，我的良知要求我必须说真话。我曾经做过很多年的杂志编辑、编辑主任、主编，跟作家们打交道，我自己也是作家，出版很多作品，也手把手教出了优秀的作家。所以，对于甲方和乙方的心态都比较了解。

当一个作者说他不想投其所好地写文章，哪怕一分钱没有，想要做自己写自己想写的，坚持自己的风格——那意味着这个作者写得非常差劲。

因为这已经不是两百年前的时代了。

如果说两百年前印刷术还没有那么发达，信息传播手法也很落后，还存在着大量的怀才不遇，那么很遗憾，在现在这个社会，如果不能发光，不能获得合理收入，那只能说明，自身就是石头。

我作为一个非常专业的文字工作者，想告诉你一个事实，仅仅在中国就有八千多种期刊。这些年，因为网络的冲击停掉了一些，但是换成了新媒体来取代。

总数这么庞大的媒体群，这么多的发表阵地，除非你是外星人，写的是外星的文学，不可能没有配对的刊物。用通俗的话说，不管你是什么风格，都会有对应的媒体。不管你是散文诗歌小说戏剧随笔评论，还是意识流派先锋派写实派后现代主义派，不管你是乡土文学还是城市小资，不管你是武侠言情还是侦探推理，都有渠道来验证你的水平。

哪怕你是千年一遇的天才，都会有人发现你的特殊之处。

好的作品，有价值的思想，一定会有人来买单。中国在新时代大发展，那么多的出版社，那么多的书商，那么多的报刊网站新媒体，源源不断地需求好的内容。

所以，但凡一个人有一些天赋，勤奋地写作，敢于去投稿，就一定能赚到稿费。只不过写得好的名家收入比较多，一般的普通作者收入相对少一点儿而已。

你如果觉得投其所好，就能获得名利，那未必太低估群众的眼睛，也太低估那么多专业人士了。

我们媒体出版业可能没有商界企业家有钱，但学历审美都是极高的。平均一个编辑，至少是本科毕业。我做主编的时候，编辑都是北京大学、南开大学等优秀学校毕业的本科生。我自己图书的责任编辑，是中国人民大学的硕士。

作者写的东西，要经过这么多专业人士的层层把关，经过正式发表出版途径，才能跨越门槛，抵达读者的眼睛。最后才能等待挑剔的读者买下来。再过几个月后，才能拿到版税稿费。

张爱玲就说得更加直白了："作者们感到曲高和寡的苦闷，有意地去迎合低级趣味。存心迎合低级趣味的人，多半是自处甚高，不把读者看在眼里，这就种下了失败的根。既不相信他们那一套，又要利用他们那一套为号召，结果是有他们的浅薄而没有他们的真挚。读者们不是傻子，很快地就觉得了。"

所谓的"坚持自己的风格，写自己想写的东西，哪怕没钱""不忘初心"，这是一个伪命题。

我曾经见过很多作协大小官员，亲眼看见他们鼓励不具备任何文学天赋的人追寻梦想。因为廉价的表扬和鼓励，可以为他们换来粉丝和写作初学者崇拜的眼神，充满感激的讨好。

于是那些真的不适合走这条路，不适合吃文字饭的人，激动起来，自我感觉非常良好，不工作不上班不赚钱，让家人养着，一天到晚写一些完全发表不了的东西，美其名曰，我怀着梦想，没有被发掘。其实，他们只是寄生虫。

把真相说出来，才不会误人子弟。

而真话总是比较刺痛人。

觉得难受和痛苦，你才能真正面对问题：自己到底有没有文学天赋？有没有一颗坚持写作敢于吃苦的心？有没有跨越难关，挑战读者的水平？有没有一天至少写一千字的最低要求？

最后我想说的是，绝大部分优秀的作家都是兼顾写作和谋生。鲁迅先生的一生，拼命写作赚稿费，同时还翻译、讲课、设计封面、研究尺牍、帮助青年学生，很有尊严地养活了一家老小。他从来不虚伪，也不自命清高拒绝名利。凭借自己的劳动和才华获得名利，合情合理，天经地义。

鲁迅在《病后杂谈》里写着："因为随手翻了一通《世说新语》……千不该万不该的竟从养病想到养病费上去了，于是一骨碌爬起来，写信讨版税，催稿费。写完之后，觉得和魏晋人有点儿隔膜，自己想，假使此刻有阮嗣宗或陶渊明在面前出现，我们也一定谈不来的。"

用今天的话说，鲁迅不装、坦诚。

真正的初心，是经过了审视辨认，仍然愿意为之努力承担辛苦的自由意愿。

人都有找借口的逃避心理，不肯踏实去做事的时候，不肯面对真相的时候，就把一些虚头巴脑的大词空话，拿出来玩内心斗争的游戏，比如"功利"和"理想"。

我是选名利好呢，还是做自己选理想好呢？其实你啥实际事情都没干，纯粹在自我陶醉。

你还年轻，千万不要把"逃避"当成"选择"来骗自己了。祝你好运。

做好本职工作，再成全自己的喜欢

读者来信说：毕业到现在做了三份工作，基本没挣什么钱，工资少之又少，我知道刚毕业，最重要的是经验不是工资，我一直抱着这样的心态，工资不多但只要能学到东西、经验，我能够忍受低工资。但现在离开那三份工作后我也不知道自己做什么了，专业学得不精，纵使学习过也因时间太久不用而忘记了，现在连最基本的文职工作都需要经验。

我很迷茫，对自己越来越没自信，每天想做点儿什么，但很无力改变，现在的状态很颓废，也很少跟朋友聊天。很封闭自己吧。不知道如何能走出这个困境，重新找到自己的方向和定位，并为之努力。

我们先来玩一个小游戏吧！

第一种说法："我很懒惰，我怕吃苦，我好逸恶劳，我不负责任。我上学的时候不好好学习，我毕业以后也不好好工作，我眼高手低，我这山望着那山高。我遇到点儿挫折就颓了。我就是个战斗力只有一丁点儿的渣渣。"

是不是觉得很不舒服？那，换一种说法吧！

"我就想事情少，活动少，钱多，离家近，还能学到东西。"

是不是觉得比较能接受了？听起来，也很舒服了。因为很多人心里都是这样想的嘛。那我们再来换第三种说法。

"我不喜欢我现在的工作，但是我也不知道自己喜欢什么。刚刚毕业我不在乎薪水很低，我想学到经验。专业学得不精，时间太久，没怎么运用，忘记了。我很迷茫，很少跟朋友们聊天了。"

现在你有没有发现，这三种说法，最终都是一个结果，指向了同样的事实，也就是你目前的状态。

当我们看着一个东西，觉得它像苹果，吃起来味道也像苹果，闻起来也是苹果的香味。那它基本上就是苹果。

但是我们人类比较狡猾，明明变成了烂苹果，却还要伪装成一个好的苹果。

苹果是怎么烂掉的？因为它长了蛀虫啊，或者放的时间太久了，这样自然变质腐烂了。

不过没关系。我在上面提到的只是一个比喻。我们人，是万物之灵，不是一个苹果。我们能够一点点改善自己，让自己好起来。

改善自己，有三个步骤。

一、认识到工作并不是让你来喜欢的。工作是你用来交换酬劳的职业方式。老板给你开薪水，只有一个目的，你为他赚更多的钱。

二、经验是附属的，可有可无的。老板希望你成为熟练的人，这样效率高。你自己也愿意成为经验丰富的人，这样你做事更加轻松自如。任何职业都可以学到东西，都需要专业对待，也都是长期积累后，不断学习进步，更加富有含金量。比如清洁工，看起来是最低级、最没有技术含量的工作。事实上不是。我见过差劲的清洁工，打扫屋子只扫中间地带。而好的阿姨，会从起脚线开始，四周角落干净了，才是真的干净；拖地要先湿后干，地板才会光洁明亮。你自己越来越厉害，越来越有本事，能够搞定工作，提升职位，获得大量金钱回报和假期自由以后，获得成就感，那就是好工作。

三、还有一个很重要的事实，也许从来没有人告诉你，那就是喜欢和擅长，并不一定达成一致。绝大部分人都未能在喜欢的事情上做到卓越，从而驾驭爱好和事业，和谐统一。但这本来就是顶级的目标，是人生的超高要求。

对于大多数人来说，追求的是，做好本职工作，再成全自己的喜欢。我身边就有这样的朋友。他做的是广告行业，能力高，一年几十万收入。但跟客户打交道非常痛苦，饱受折磨。他喜欢的是茶道，就自己开了茶店，但求不赔本，维持良好，得到了平衡和滋养。我们的这个世界从来没有完美的工作，是我们自己通过努力，成全自己的生活，也成全自己的喜欢。

把擅长的事情当主业，养活自己，独立自主；把喜欢的事情，放在业余爱好去享受。

琥珀心念

　　我把私人用的微信公布给了我的读者以后，有一个名为Amber的女孩，加了我。来加的读者粉丝挺多的，所以我也提前说明了，不能做到每个人都回复。

　　这个女孩，发给我一段留言："不知道这个微信号会不会有回音，所以我决定把它当我的树洞先生。"

　　她果真自顾自继续打字发来信息。

　　"今年之前，我的心里一直住了一个人，明明知道他谈恋爱了，却还是舍不得放下，可是啊，今年十一月我乘坐了一次马航，飞机很晃，我一直不敢睡觉，我却突然想通了。在死亡面前，什么都可以抛弃。我也终于可以放下了。新年，我也可以开始我的新生活了。放下过去，好好珍惜眼前的一切，不断向前。"

　　这其实是一封不必回复的来信，当事人心中波浪滔天，天人交战，后来，自己圆满渡过了自己的河流。

但我终于还是回复了她："人生一念。"

人生有时候如此繁复艰难，如同李白的蜀道难，难于上青天。然而，一念之间，又轻轻地放下了。

没有什么比亲自放下，更加真真切切。就算是释迦牟尼的寂灭法门，也得当事人自己做到才行。过了这一关，天高地阔，过不了，就困兽犹斗。

她的那个英文名字，是琥珀的意思。

极为珍贵的琥珀，恰好是那些曾经有生命的蚊蚁蜂蝶之类的昆虫或植物，被松脂滴落下包裹后，历经千万年形成的透明化石。

琥珀，祝贺你重见天日。

先熬得起冷暖自知，才能被别人感同身受

第三章

人生最美还是淡然

有一年去北大找我的书呆子朋友玩。她读书很棒，不像我，随便考个二流大学就度过了青春。当时天气晴朗，碧空如洗，她带我在校园里闲逛，我指着那些青翠的爬山虎攀缘的老旧平房，问她："都是带院子的屋子啊，住在这些房子里可真惬意。"

她跟我说，那一片都是给老教授们住的宅子。有的因为学术大师居住过，达到保护文物级别了，就一直原封不动地留着。有的里面还住着人呢！

我们走得浑身发热，就坐在一个花坛边休息。旁边五六只大白波斯猫懒洋洋打瞌睡，完全不怕人。

老同学说道："这些猫不愁吃喝。老有学生逗它们玩，给它们鱼啊剩菜什么的。你看那个屋子，据说季羡林老先生养了一只白猫。白天的时候，猫会跟随季羡林先生出去散步，一起上山，再一起下山。这成了燕园中的一道风景。"

我附和："啊，好一道亮丽的风景线。"

同学一脸神往："你觉不觉得这真的好有学术范？我都想变成猫，跟着老先生散步，被季羡林大师喂吃的，沾点灵气。"

我想了想，回答她："哦，不觉得。我发现大师们喂过的猫，更肥！"

"没有你胖。"朋友怒了，遂绝交三个小时。

晚上我们一起在食堂里吃水煮鱼，为她庆祝生日，祝她快乐。又聊起季羡林先生。同学说："想起大教授和猫的故事，有时候心里会很沉静。"

我明白她的感受。哪怕学海无涯苦作舟，生活还是可以充满平常的悠闲快乐。老先生那种大学者，一辈子面对浩如烟海的历史做研究，晚年还勤奋写散文随笔。盛名之下，多少杂事缠身找上门，完全可想而知。但他出了家门散步，只带着一只大猫散步，是挺悠然自得的。以前我写小说的时候，常常会全情投入，导致沉浸在另外一个世界当中。小说里的人物各种遭遇，交往、分开、长大、重逢、离开、分别、流泪、快乐、悲伤……我也会独自对着笔记本电脑，有时候哭，有时候笑，有时候俯首桌面忧伤过度。

这种情况很多年都延续不变。直到有一天，我买了一个二手玩偶。我在我家对面大学的网站上，看见一个二手交易信息，有人转售一个巨大的白色的毛绒玩偶：一头奶牛。那只奶牛差不多就像一个十五岁的人类少年那么大，并且是小胖子那种身材。它嘴巴上弯，带着笑意。我一眼看中，于是带它回家了。这只沉默而不会说话的毛绒玩偶，被我顺手放在了靠近书桌的角落。

我的生活与从前有了一点儿细微不同。当我被写作牵引，久久沉浸其中，一转身，视线落在了玩偶身上，看见它在笑，笑得温和沉静。许久以后，我忍不住站起身，走向它，深深地拥抱住它，时间瞬间停顿片刻。那种温柔触感让我有一种孩童般安定的感觉。之后我就不再理会小说人物那些悲欢离合，当我写出来了，就快忘却吧，我就要出门去看看风景，我要去海边旅行，去找朋友们吃喝谈笑。它带我离开虚构的世界，回到现实世界。

我在广州待过一段时间，在一本杂志做主编。我上班的单位，除了杂志，主业还包括动漫项目，每年还办国内国际的动漫节。去之前我根本没料到，日常事务如此繁多，每天各个部门一堆杂事找上我，一会儿是日本的公司想合作开发作品版权的中文新媒体形式，一会儿是法国的漫画家想连载新集子。

在我头昏脑涨的时候，我抬头，会看见一只白色的，身材圆滚滚，但更加巨型的猫型大玩偶。它站在办公室入口的二楼，竖立着耳朵，伸开双手，嘴巴笑成一个 W。我问同事，它有名字吗？同事告诉我，叫丘比猫。它在提醒我呢！提醒我人不能被工作完全占据。它们被设计为微笑而不是哭泣，被设计为放开胸怀友善和睦，而不是钻牛角尖沉迷于不爽，它们带着目的性，是正面的暗示。于是我中午时分，到楼下的店子，来一份酥炸鱼皮，配粤式生菜粥，再加一杯冻奶茶，慢慢吃喝。那味道真的好极了。

工作上班，读书求学，千头万绪，需要你迅雷闪电一般处理。但生活的节奏要掌握在自己手里，绝不能完全交出去。否则你会错失努力用功的本意，反认他乡是故乡。我们得给自己找一种信物、一个道具，用来提醒自己，就像《盗梦空间》里的旋转陀螺。这一类的事物还有很多，因人而异。对你而言，可能是一张旧照片，一句老先生的教诲，一个电影里的眼神，一封泛黄的书信，一个存钱罐，一双手套，一个老古董……它们出现在我们的生命里，像我们童年写下的座右铭，像我们长大后建立的梦想坐标，像我们的重要事件备忘录，还像在我们一路走得太匆忙时，提醒我们放慢点儿欣赏风景的美学家朱光潜。

朱光潜老先生写文章说，阿尔卑斯山谷中有一条大汽车路，两旁景物极美，路上插着一个标语牌劝告游人说："慢慢走，欣赏啊！""许多人在这车如流水马如龙的世界过活，恰如在阿尔卑斯山谷中乘汽车兜风，匆匆忙忙地疾驰而过，无暇回首流连风景，于是这丰富华丽的世界便成为一个无趣的囚牢。这是一件多么惋惜的事啊！"于是他把这标语，转赠给国人。

但得说清楚的是，"慢慢走，欣赏啊！"并不是让人平白无故就慢下来，或者放任散漫不干正经事。说实话，让一个人一直住在阿尔卑斯山谷里，慢慢地看极美的风景，他也会痛不欲生。那些天天游荡的人，反而对世间美景熟视无睹，别说欣赏了，早就看得腻烦。钱锺书在《论快乐》里也说："洗一个澡，看一朵花，吃一顿饭，你觉得快活，并非全因为澡洗得干净，花开得好，或菜合你口味，主要因为你心无挂碍，轻松的灵魂可以专注肉体的感觉，来欣赏，来审定。因此，快乐是由精神决定，精神的炼金术能使肉体痛苦变成快乐的资料，人生虽有不快乐，而仍能乐观。"

正是日夜繁忙的人，短暂放松兜风一下，格外舒畅甜美。我们所需要做到的，是全心全意专注体会那一刻。

人生虽然忙碌烦扰，但仍然能够偷得浮生半日闲，清风吹过山冈，吹过我。明月悬挂夜空，照着我。风景美丽，满心欢喜，给我自己一段快乐纯粹的时间。

你的脚停在哪里，心就会安顿在哪里

　　我有一个朋友叫阿顺，第一次见面的时候，他十九岁，一会儿北漂，一会儿南下。我挺惊讶的，小小年纪，已经走了那么多地方。以我的观察，这是个内心丰富、性格内向的孩子。

　　他有挺大的梦想，所以干脆不念书了，追梦去了。其实我有那么一点儿旁观者的兴趣，在我按部就班读书工作的人生里，总是对敢于不走寻常路的人，抱以好奇。

　　我养猫，有时候聊起来，他也来了热情，决定也养一只，我表示赞叹同意。猫有特别的灵气，很适合与喜欢安静的人相处。

　　起初，他在北京上班，但不满意当时的单位，想换更加好的工作。于是他回到武汉求职。他拜会了各路人士以后，被学历关卡住了。虽然欣赏他的人不少，但很多大型好单位，非常介意学历。我为他不平，但也很难改变这个事实。

于是我劝他，其实你的个性很安静，为什么不在西藏好好酝酿，让自己有更强大的资历，超越学历的障碍？

他最终回到了拉萨，在拉萨的一家报纸工作。

大约是在春天中间的时分，我在网上遇到他，他说："林芝的桃花开了，非常美。如果想去看，这是最好的时候。"简简单单几句话，语气静谧中带着笃定。

原来他去了西藏。

并且，他信佛。

我突然心中生出羡慕。

非常奇怪，他是我唯一一个从来没听到提及西藏气候不好、高山反应痛苦、生活条件恶劣的朋友。在他的小小世界里，阳光照耀，空气非常干净，人们非常虔诚。

他就像所有拜佛的人一样，去住寺院，吃当地的食物，和老婆婆、小孩子说话。一切生活节奏放慢下来，就像我后来见到他的样子，慢慢说话，慢慢旅行，慢慢看风景写字。我想这大概就叫作契合，他就适合在这样的地方生活和写作。

春节后，他从拉萨坐长途飞机返回，我们在江城武汉相见的时候，白白净净的男孩儿消失了，变成一个脸颊略有高原红、皮肤黝黑、眼神深沉的年轻人。

如果从外表上看来，似乎变得更加憔悴成熟，但是一开口说话，我就知道，他找到了自己。

他不是那种以为去一次远方，就能洗涤灵魂的人。阿顺去过很多地方，武汉、北京、上海，年纪轻轻，江湖行走，最后留在了西藏。这不是意外。

人有两个故乡，一个是自己出生的地方，一个是脚步停留下来的地方。唯有西藏，成为他信仰意义上的其中一个故乡。

他写的青藏高原的风雪，藏族人的生活，巍峨之美的冰川，都渗透了深深的感情。不管是多晚多黑天有多冷，他亲眼看着，朝圣者和磕头不断的信众，伴随着微弱的烛火光芒，另有境界。

当拉萨下起第一场雪的时候，他会用手机拍下照片，发给全国各地的朋友。我看他发给我的文字："没有乘车，没有撑着雨伞，只戴着帽子，一个人走着，走到雪中的布达拉。"

太有画面感了，刹那之间，我似乎置身遥远的雪域，目睹雨雪中的行人。说到底，这其实就是一种释然的心情，甘愿远离尘嚣，诗意地观望体会。他在最能够安顿身心的地方，写他能写的。

就像他曾在我家借住找工作的那段时间，静静的，不吵闹，不聒噪。

在停留下来之前，一个人应该去尽可能多地看这个世界，去听人心中最微妙的声音。道路漫长，但你会在刹那之间，抵达你所想抵达的。你我她他，都会殊途同归。

你的脚停在哪里，心就会安顿在哪里。

心安，而后定。

能安静专注的人，才能做好事情。工作上的阿顺，采访了很多人，有在西藏拍戏的明星，有平凡的人家，有拜佛的游客。这些素材积累下来，阿顺在去年出了自己的第一本书，云集国内名家的推荐好评。我为他开心，这是他的作品。实实在在，属于自己人生的成就，也是第一份积累。

我相信，从此他会成为一个在哪里都有能力安顿的人。

踏遍山河，一路修行

他是个生于1993年的北方男孩，三年前在北京一家文化出版企业实习。那家公司的老总恰好是我的一个老朋友。

近两年我开始跨界到新媒体行业，特别需要一个兼职的年轻人！我就找到我的老朋友，让他推荐一下。就这样，他就给我推荐了这个男孩。

当时我只问了他一个问题：如果你过往接受的教育还有实习的工作经验所形成的思维模式，和我告诉你的截然相反，你会怎么面对呢？

他当时有点儿犹豫，又有点儿困惑。但他还是回答我，他可以试一试。

很多年长的人喜欢抱怨一代不如一代。我的看法却完全相反，90后一代人，拥有更广阔的视野，更活泼开放的心态。正因为一代比一代人强，我们这个世界才会越来越好。这是明摆着的事实。

我把我十几年来在传统媒体的工作经验，倾囊相授。我的经验有效的部分，他统统都用得上。我的经验当中跟不上时代的部分，他用自己的摸索，直接把事情做好，不争辩，不浪费时间，直接用事实说服我。我特别喜欢他这个优点。

短短几个月，我交给他的自媒体号，就达到了几千万次的阅读量。

于是我放心地彻底把这个自媒体号最佳阅读交给了他。

这个男孩叫梦元。他踌躇满志，梦想着抵达更高的地方。

在这一年春夏之交的时候，他的父亲离开这个世界，走得特别突然，他毫无防备，不知所措。

那个时候，他一个人担当起来的最佳阅读，仅仅是流量广告，一个月都有一万多元收入。拿到第一笔分成的时候，隔着手机屏幕，我也能感觉到他的开心。一个人把属于自己的事情做出成绩，本身就是莫大的快乐。

他向我请辞，去处理家里的事情。我马上答应他，对他说，什么时候休养好了，觉得可以回来接着做，你再回来，一切你自己决定。

时间过得飞快，转眼已经是半年以后。

某一个晚上，他突然来找我，我们没有谈工作，只是谈一谈人生。

对于一个男孩来说，失去了父亲，自己就成为家里的顶梁柱，面对这个世界的态度，跟从前再也不会一样了。

如果普通人是按部就班地成长，那么他已经选择了更快地成长。

现在他自己开了公司，把他所学到的东西用在了自己的创业之路上。而我，选择继续向他投放资源，为他介绍了一个新的工作项目，支持他创办了又一个新媒体番茄娱评。曾经的小小实习生，踏上江湖去闯荡，从此要独当一面。

少年何惧岁月长，人在历经悲伤之后，化为勇气和力量，再出发的时候，会更加坚定。我相信，他会从年轻男孩，成为一个强大的男人。

2016年的夏天，我应邀去一场分享会。

作为一个80年代出生的人，当时我第一个出场，登台讲了自己的成长，我用十年时间，获得影响力作家文学贡献奖，出了很多畅销书，创办的新媒体刚刚起步，就蓬勃生长，还被香港的英文报纸《南华早报》报道过。我所有的努力，是为了一个梦想，让自己有积累，可以去过自己想要的生活。

其实我当时讲得特别轻松，驾轻就熟，因为我的这些经历故事，早就写过，被中国最为畅销的报刊刊发过。按道理，我已经衣食无忧，拥有了声名和不错的收入，继续这样生活下去就行了。不知道为什么，眼看着网络大时代来临，曾经在报刊工作多年的我，做过主编的我，心里开始蠢蠢欲动。都说传统媒体衰败，新媒体崛起，是否我这样的老家伙，落后于时代了？

我有点儿郁闷。

我跟我的朋友，合伙创办了新媒体品牌娱乐天天说，我们再战江湖，没日没夜地挖掘热点，我们邀请郑元畅、黄晓明、霍建华等明星为读者念祝福语和贺词。我们各自发挥所长，有的写影评，有的写人物专访，有的写行业观察。一年时间，我们就成了营收百万

先熬得起冷暖自知，才能被别人感同身受

的大号。我想这事对我来说，最大的收获是，一个人拥有的专业能力，从来不会过时。

我结束了自己的分享，坐在观众席上休息，后来听到了他的故事。

他是一个生于70年代的人。

他也是我们本地音乐广播电台的主持人，我第一次见到他，是在一场音乐选秀比赛上。我一直以为他就是那种人生开挂的典型，毕业于一所传统的师范类名校，轻轻松松到了挺好的传媒单位。

广播电台历史上有多么受欢迎，我是亲身经历过的。再加上他的主持风格特别幽默，功力扎实，所以很容易成为大腕，属于理所当然的高收入群体。

隔了几年之后，我们再次碰头，就是在分享会上，他最后一个演讲，说了他自己的青春故事，颠覆了我对他所有的印象。虽然我们是两代人，我却找到了鲜明又深刻的共鸣。

大学时代，他渴望进入传媒工作，但是一直没有机会。学生时代特别穷，面对喜欢的音乐卡带，都要徘徊好久，因为没钱，舍不得买。他第一次赚到几百块酬劳的时候，欣喜若狂。毕业以后真正入了行，当他在电视上有了自己的节目之后，有一次经过天桥，有一个路人转过身来，冲着他大喊了一声："哎哟，你不是那个谁谁吗？"

他心情万分激动，期待这个观众喊出自己的名字。结果那个路人说："你就是那个阿星吧！"

他是阿喆。

这要是用动漫的形式来表达，他脑袋上方应该飞过去一群乌鸦。当时他还年轻，不服气。总有一天，他要让观众准确地记住他。

新世纪迎来新的时代，网络繁荣，传统媒体，从纸媒到电台，都面临着巨大的危机。他也遭遇了人生中的低落期，上完夜班，回家路上看着万家灯火，他心中觉得，真的不甘心就这样平淡到老。

他开始策划各种活动，主动出击。在中国最长的那条步行街上，创造了音乐电台透明直播间。他从主持人跨界到创业。省台只批了三百万，他全盘构思策划创办长江电波兄妹公司。对于这个类型的企业来说，这是非常有限的资金。

他不服输的性格再次帮了他，没有条件自己创造条件，想方设法也要做好事情。就这么一路走过来，承办了各种很棒的表演活动。他负责公司的诸多事情，创业型公司需要摸索道路，还要亲力亲为，但他一点儿也没耽误主持工作。

那个曾经为几百块钱主持费欣喜若狂的小青年，如今一次出场费至少五位数。他的演讲结束语是，事情就要先去做，有了问题再解决。人总要折腾，最怕的是什么都不做。

我惊讶地张大了嘴巴。一个人到了中年，依然怀着赤诚的热情，这太难得了。我太佩服他了。

我曾经做过记者，采访过各种各样的人，遇到这样的人，这样的故事，还是特别感动。真正喜欢做事情的人，眼睛里都有光。

我特别熟悉那种光，绝对骗不了人。因为曾经也有前辈说，在我的眼睛里看见过光芒。

如果把时光倒推回去，十六岁那年的我，遇到今时今日的我，应该会觉得非常陌生。那个孤傲内向的少年，想象不到未来要经历多少的挫败，消化多少痛苦，然后在浩瀚的世界上，学会温柔，变得聪明，掌握力量。

我在学生时代，就以散文随笔、杂文评论，登上了中国几乎所有的大报名刊。后来我发现，凭借这些稿费收入，我养活了自己，还能给家里父母钱，我觉得很快乐，也很有成就感。那时候，我才十八九岁。这种感觉，我非常享受。别人玩耍的时候，我在稿纸上窸窸窣窣地奋笔疾书。我用稿费给自己买了电脑，从此进入了写作这个古老的行业。

曾有过漫长的低潮沉默。有一天，我独自坐在台阶上，看着深夜的月亮，悲伤良久。我接受自己的沮丧哀伤，也会珍藏这种哀伤。当我从中走出来的时候，我情愿自己成为做事勇猛、内心平和的人。年少的我不知道自己会走到什么样的境地，我只是模模糊糊地觉得，我愿意为自己想要的东西，付出努力去得到，拥有更好的人生。甚至这个"更好的人生"，也不再由别人来定义，而是我自己说了算。

我想要热血沸腾、热泪盈眶的时候，我就去做这样的事情，哪怕昏天黑地每天工作十六个小时累得像条狗。我想要内心安定，我也有资本回到自己一个人的王国当中，写不需要任何人赞美的诗，视功名为粪土。我们三个成长于不同年代的人（70、80、90），我们的故事，当你读到了，也就属于你了。

你对自己那么凶狠，世界才对你稍露温柔。这看起来很不公平，但也无所谓。你踏遍山河，一路修行，成为强大的人，从此自己对自己温柔。

改变不了世界，先改变自己

　　我去哈尔滨的一所著名大学讲座，台下的学生提问，老师，我不喜欢我的专业，怎么办？

　　我当时的回答是，你只有两种办法，第一就是赶紧换一个专业。

　　我还没来得及说第二个办法，学生们就无奈地在下面嚷嚷，换不了啊！不同专业对分数和成绩的要求不一样。本来就是不喜欢的专业，更加不想去学，成绩怎么会好呢？

　　这么一听，倒是进入死胡同了。

　　不过我还是先把我的第二个办法说完。如果你换不了专业，就得想办法在本专业里挖掘乐趣。

　　怎么挖掘乐趣？

　　再说说我自己的故事吧。我当年一心想学文学专业，因为我父亲的建议，改成了法律。可我真心不喜欢法律，枯燥乏味。但是没办法，学费是爸妈出的，我也不了解专业未来的就业情况，只听父亲说，法律热门，就服从了。

在大一的时候，我在省里和全国知名的文学大刊发表了作品，顿时成为院系老师同学眼里的才子。说真的，这非常满足一个人的虚荣心，毕竟没几个学生做到这一点。但问题是，我读的是法律专业，文学毕竟不是本专业。很快，有个同班同学，在《中国青年报》发表了法学方面的文章，把我的风头抢走了。

那时候年轻气盛，咽不下这口气。为了虚荣心，拼了，我也去认真阅读法学著作，浏览专业文章。半年后，我也在《中国青年报》发表了法律评论，不只如此，还更上一层楼，在《光明日报》也发表了法学方面的文章。

就这样，轰动了法律系，因为我是第一个在这份大报发表文章的本科生。没有硝烟的虚荣心之战，我终于赢了，风头抢回来了。可是，出风头这件事情，很快就过去了，当时兴奋，过后平静。而我在这个过程里，读了非常多的本专业的东西，发觉法律其实很有趣。有各种各样的人生故事，活生生的真实案子引发的思索。结果，我渐渐有点儿喜欢上我的专业了。再后来，我文学与法律都学得还不错，兼顾了。

很多大学生觉得自己不喜欢自己的专业，其实，并没有认真了解那个专业的全部。大多数人年纪太小的时候，因为逆反心理，个性很顽固，不喜欢就极其厌恶。因为偏见，忽略了这个专业的背后也会很有趣。

其实，大学里的每一个专业，之所以能够存在，就已经经过了千锤百炼的淘汰和争论。有很多聪明的大脑，为之付出过心力，设计安排。我们也不像自己以为的那样，喜欢或者不喜欢一个专业一开始就定型了，只要你能挖出乐趣。

就算挖不出乐趣，哪怕是打迂回战术，你也可以保证本专业不挂科顺利毕业，再学个有兴趣的第二专业呀！

讲座之后，有一位男生要我写给他的寄语是"某某，去改变世界"。时间匆忙我没来得及说完整。

其实能改变世界那就去改变，改变不了世界，改变自己也是好的。

人生的真相就是如此。谁不想做自己喜欢的事？大学里的专业问题，延伸开来，也涉及毕业后的工作问题，你如果恐惧找不到工作，暂时先做了一份不喜欢的工作，做的是自己不喜欢的事情呢？

幸好，工作不会强迫你，你是可以自己决定去留的，只要你自己承担后果就可以了。

有个外国孩子叫艾伦，他九岁的时候，在南达科他州祖父的农场里，开始他的第一份工作——赤手去捡牧场上的牛粪饼！一般的孩子都不愿意做，艾伦做得好极了，即使这看上去实在不算好工作，但他很认真地在做。

一段时间后，艾伦的祖母开着一辆福特车来学校接他。祖母告诉他说："艾伦啊，祖父就要把你想要的新工作给你了。你将拥有自己的马匹去放牧，因为去年夏天你捡牛粪时表现得极其出色。"这样，他在工作岗位上得到了第一次提升，他很开心。一个小小的信念也在他脑袋中生根发芽。

后来，艾伦成为南达科他州一名每星期挣一美元的肉铺帮工，这份工作仍然恶心，但是他的原则很简单：先做好，肯定会得到提升的，那就能够摆脱这工作了。

果然，一切按照他想到的发展着。他赚了一笔小钱，摆脱了体力活儿。然后，他去了美国的著名通讯社——美联社，成为每星期赚五十美元的美联社记者，那信条他一直坚持。

很多年过去，努力，获得提升，摆脱低级工作。最后，他成了年薪一百五十多万美元的首席执行官。

艾伦·纽哈斯后来是全美国受人模仿最多、阅读面最广的报纸《今日美国》的头儿。回想起自己童年的生涯，他只是感叹了一句：如果你干的是一件恶心的活儿，如果认真干下去，而且尽量干好，你八成会得到提升，再也不用干那样的活儿了，这比当个无用的人胡混下去强多了。

发展心理学研究中有一个经典的实验，称为"延迟满足"实验。实验过程大致如下："实验者发给四岁被试儿童每人一颗好吃的软糖，同时告诉孩子们：如果马上吃，只能吃一颗；如果等二十分钟后再吃，就给吃两颗。有的孩子急不可耐，把糖马上吃掉了；而另一些孩子则耐住性子、闭上眼睛或头枕双臂做睡觉状，也有的孩子用自言自语或唱歌来转移注意力消磨时光以克制自己的欲望，从而获得了更丰厚的报酬。在美味的软糖面前，任何孩子都将经受考验。"

这个实验用于分析孩子承受延迟满足的能力，所谓的延迟满足，就是能够等待自己需要的东西的到来，而不是想到什么就要什么，这是一个很通俗的解释。

"研究人员在十几年以后再考察当年那些孩子的表现，研究发现，那些能够为获得更多的软糖而等待得更久的孩子要比那些缺乏耐心的孩子更容易获得成功，他们的学习成绩要相对好一些。"

在后来的几十年的跟踪观察中，发现有耐心的孩子在事业上的表现也较为出色。也就是说，延迟满足能力越强，更容易取得成功。

也就是说，即便是你不爱你的工作，只要你坚持到可以超越这工作，就可以摆脱低级工作了。你的起点和低级工作阶段，成为你的积累阶段。对于大多数人来说，不可能一开始就拥有那么多自由选择的资格和余地。

谁不想做自己喜欢的事？当你从低头忍耐里强大了，你可以获得越来越多的能力和自由，去做你喜欢的。先忍耐，攒够资本再出头。

先熬得起冷暖自知，才能被别人感同身受

第三章

有趣的灵魂，才是发光的光源

我见过的老太太，不计其数。有些老人家我碰到了，赶紧道一声阿弥陀佛，问个好，飞快跑掉。因为我如果不马上敬而远之，就得被念叨得头疼脑热。还有一些老人家，截然相反，轻松有趣，让我难忘。尤其是有位邓老太太，是个挺有意思的人。

我的大学时代，念的是一所中不溜的学校，算不上很好，也算不上差。我读的又是法学院，上课的时候，每每昏昏欲睡，要么，看着教室玻璃窗外树木葱茏碧绿，发呆良久。因为我爱的是文学，碍于父亲的压迫，不得不选择了法律。

直到有一天，我特意找了一个位于阶梯教室中间的位置，打算偷偷摸摸地吃完我的早餐——三鲜豆皮和鸡蛋米酒，就开始享受我的回笼觉。有的同学其实很笨，他们会以为坐在教室后面几排就可以离开老师的目光。其实在最后面特别容易被发现，反倒是躲在中间，刚刚好。

我自己经历过学生时代，又去过很多很多的大学做讲座，太了解学生们的心态。小部分爱学习的同学，往前几排坐，其他人通通靠后。

我刚刚把自己的教科书竖立起来，就听见一个洪亮的声音在说话，那嗓门，中气十足。

"后面的同学，统统给我坐到前面来。有的同学想睡觉可以，但是不许打呼。"

我就被逗乐了，隔着十几排座位，眺望过去，看见一个小老太太。

说她小，我一点儿也没夸张。如果不是她满头飞雪，白了无数头发，脸上些许皱纹和雀斑，看她的身形轮廓，就跟一个女中学生没两样。她矮矮的，只有一米四几的样子，身材特别小只。可是她偏偏把头发留得特别长，都过了腰，绑了一个长长的马尾巴。

这老太太一脸笑容，开腔继续说："我这个人喜欢说实话。你们想睡觉，我不反对。听我的课你还能睡得着，那是我讲得不好。学生听不进去老师的课，不是学生的问题。我保证不处罚你们。这学期开始我教你们中国古代法制史。"

哇，这老太太好牛气，居然不反对上课睡觉。我顿时佩服起她来。教室里其他的同学，同我一样，冒出一片此起彼伏的惊叹声。

台下有调皮胆儿肥的同学，居然还接话："真的吗？"

老太太瞪了他一眼，哈哈笑了，说道："那当然，我一直说话算数。你知道我是谁吗？"

第一次上她的课，大家还真不熟悉她。那同学茫然地摇了摇头。

老太太也乐了："你连我都不知道？我是你们法学院的院长。"

这下所有人都哄堂大笑了。那个学生很识相，赶紧坐直了，拿出一副好好学习、天天向上的样子。

开玩笑归开玩笑，她马上就转到课程内容："在古代，这叫教而后诛，我们研究法律的人，包括制定法律的人，决不能不教而诛。先得让老百姓知道法律是什么，规矩是什么，然后才能惩罚违反法律的人。"

老太太侃侃而谈，旁征博引信手拈来。平时喜欢跟我一样打瞌睡的兄弟，这会儿也听得精神抖擞。

上了几周她的课之后，大家都对她熟悉起来。法学院的顶梁柱之一，响当当的老教授，做学问厉害，给本科生上课，也不同凡响，有口皆碑。

平时听别的教授的课，真的是催眠曲，轻而易举就见了周公。但是听邓教授的课，一条又一条的段子，夹杂着古代法律制度的知识点，实在是挺有趣的，这觉没法睡了。

其实，自从我离开校园弃法从文之后，学过的绝大部分的法律都忘光了。可是这个老太太的风范，一直留在我的脑海里。一个把学问做透了的老教授，原来可以这么自信，这么挥洒自如。即便是个子那么矮，堪称小巧玲珑的老太太，也能令你见识到什么叫学问的力量、师者的尊严，她是我见过的最潇洒的老太太。

我开始觉得学法律是一件挺有意思的事，并不都是枯燥坚硬的。

她有时候也会讲点儿自己的青春求学的故事。

她个子太小，貌不惊人，又是女性，外出参加学术会议，未免被人小觑。可是，别人看走眼不要紧，她却用实力征服了同行们。

本科生们都是二十来岁，人高马大，上蹿下跳，学生们平时调皮捣蛋，在她面前，就变成乖乖的了。

她的腰也不好，昔日读书做研究太刻苦的原因，但是讲课从不坐着，从头站到尾。

这份刚毅，是一种内在的傲气。

她退休年纪一到，就卸任了。但是因为讲课太好了，又被学校返聘，本科生积极主动地想上她的课。我偶尔回到学校做讲座，经过法学院，远远地，看见她和她的先生，在南湖边慢慢地散步，有说有笑。

夕阳斜斜地照下来，这老太太背着双手的样子，仍然很有院长范，她的脸上表情却是一派温馨从容。我没有去打扰她，只是微笑远望着。人的一生，少年夫妻老来伴。暮年时分，跟老伴一起散步在湖边，自有岁月的温柔意味。

毕业多年后，我已经是个职业作家，写了很多的文章，出了很多的书。有一次《中国教育报》的编辑在征集教师节的感受，我顿时想起了老太太——我的毕业论文指导老师，前法学院院长，授课严肃活泼又个子小巧玲珑的邓红蕾教授。

还有她标志鲜明的长长的马尾辫。

我就在那份报纸上发表了一段感言，写到了她，怀念这位有趣的老太太。当时我也就是抒发一下回忆青春校园时代的情绪，并没有想太多。无巧不成书，那段文字被当年的辅导员老师看到了，他转告了邓教授。再后来，我就间接收到了一本老太太的著作，落款是她的大名，赠送给我以作留念。那熟悉的笔迹，让我想起了当年，她在毕业论文打印稿上的批语。

一个春天，我找了个闲散的日子，清理自己的书架，给我的那些心爱的宝贝书拂去灰尘，一本一本擦干净。我珍藏的限量版《王尔德全集》，朋友馈赠的《钱锺书外文笔记》，突然又翻到老太太的那本《从混沌到和谐，儒道理想与文化流变》。

摸着老太太那本书的封皮，我心头涌上各种唏嘘，一眨眼，时光就跟兔子似的跑掉了。

而今，我已经毕业十五年了。

老太太其实是哲学专业出身的，她是上个世纪80年代，武汉大学哲学系的毕业生，然后在我的母校民大任教。

说真的，如果我年纪再小一点儿，读书再晚一点儿，或者高考考得更好一点儿，就不会在这个学校遇到有趣的老师。其实，作家是一个非常讲究个人天分，也非常讲究缘分的职业，不管在哪个大学念书，我都会写自己喜欢的东西，成为现在自由散漫的自己。虽然我有机会去司法单位工作，最终还是投身于缪斯女神的怀抱。

可是法学对我的熏陶，渗透到我的灵魂深处。毕竟我也沐浴过法雨，接受了忒弥斯女神的熏陶和教诲。

忒弥斯，就是那个手持天平与长剑，蒙着双眼的女神，她象征着维护正义与裁决公平。

严肃和有趣，也并不矛盾。

遇到那些丰富精彩的老师，了解他们那些别致的人生故事，更是读书生涯里的惊喜。有了一定年纪之后，我开始理解何谓"师之道"。所有学问的背后，站着的是做学问的那个人。站在讲台上，外貌身躯不过皮囊，有趣有实力的灵魂，才是发光的光源。一个老师的人格魅力，永远是送给学生的最好的礼物。

第四章

只有人生的超越，
没有命运的安排

没人那么在乎你，别把自己太当回事

从前我是一个特别内向害羞，抗拒公开讲话的人。后来，我去了很多大学巡回讲座，大家听得津津有味。于是就有同学问我，是怎么做到的。

答案是，因为我克服了自恋。这听起来是不是有点儿玄妙矛盾？让我为大家从心理学方面解读解析。

很多人会说自己太自卑，一上台就紧张，对着很多人说话就结巴。

其实，台上紧张结巴的真相，并不是自卑，而是太过自恋了。因为真相是，真的没有多少人会在意台上的你，你以为别人会一直注视你，时刻关注你的一举一动，实际上不是的。大家都是一边偷偷闲聊，一边玩手机。

我自己也会坐在台下，参加别人的活动，听着别人讲话。换位思考一下，台上的人总是讲一些假大空的玩意，我也昏昏欲睡，只好玩手机啊！

我去出席某省政府主办的官方会议，有的领导侃侃而谈，发言活泼有趣，就听一下，有的老作家讲话空洞乏味，我就走神了。我看看左边，某儿童文学超级畅销书作家在偷偷玩手机，看看右边，某作协副主席在纸张上涂鸦。

所以啊，不必太在乎别人怎么看你，别把自己太当回事。只管如实分享你自己要讲的东西，有需要的人，自然会倾听。

我学过的心理学，又派上用处了。

我每次去那些企业啊大学啊书店啊举办巡回讲座，只讲真实好玩的东西，而不是为了显得高大上而准备的高大上话题。我对听众没有任何要求，愿意听就听，不愿意听就赶紧闪人去玩耍吧！

结果我发现，讲那些实实在在的人生经验和故事，效果永远好过高大上的话题。

还有一个关键问题是，很多人畏惧社交应酬，其实也因为自恋。这一类人总是把自己当作天真需要呵护的孩子，把别人想象成世故狡猾的老狐狸。

其实，绝大部分人都是为了生活，为了工作，硬着头皮遵守礼仪去应付社会交际的。天生喜欢交际喜欢抛头露面的人，在这个世界上，只占极少数。

多年前，我采访过一位著名的院士。一开始谈到工程的历史争议、历史渊源，和他自己青春时代的工作故事。老爷子的叙述口吻，一直非常平静。他觉得年少时候的艰辛工作不值一提。

后来提到了工程引发的环保问题争议，老爷子激动起来，提高嗓门，引述各种世界组织的官方研究数据。他挥舞着双手，像一个纯真的孩子，要分清楚对错，澄清事实。

采访之前，我觉得老爷子这么专业权威的院士，他曾经还有高级官员的身份，又曾经担任世界上最大的水电工程老总，举世瞩目，他要聊的肯定都是高大上的科学话题，或者一副高级干部的姿态。

但是没想到，看到了老爷子真性情的一面，露出一个较真的科学家的气质。我反倒轻松了，开始兴致勃勃倾听老爷子的人生故事和鲜明观点。

我总觉得我是去采访一个重要人物，要完成一篇大稿子，于是人为地给自己制造紧张，尽是问一些高大上的话题。最后实际出来的效果往往很无聊，变成假大空。这也是自恋的表现。

其实我仔细观察很多的采访对象，他们也有自我保护的一面，不得不小心谨慎，但内心深处，人的天性都更加愿意放松聊天，完成沟通交流。

中国所有的主持人，我最欣赏的就是杨澜。她的名人专访，都是轻松自如地切入，让受访对象放下警惕，不知不觉说出了"好料""猛料"。这份功力，很厉害。

这些年来，我自己听过别人的很多讲座，我也在台上举办过几百场大大小小的讲座。我自己采访别人，我也被别人采访。

我被人采访的时候，如果记者总问很宏大的问题，我也提不起劲。曾经有记者问我："怎么看待中国纸媒的未来？"

天啊！我哪里知道呀。纸媒里有收版面费活得很滋润的学术期刊，也有市场衰败崩溃惨死的傻瓜报纸，还有绝不会倒下的日报……根本没法搅和在一起说啊！

这问题太宏大了，就很难讲清楚，让人不知从何说起。小切口的问题，丰富生动的细节，才能写出有趣的文章，讲出有趣的故事，通往精彩纷呈的世界。

　　归根结底，自恋是我们最大的敌人，放下自恋，自然精彩。这正是我在心理学里收获的认识论。

做事开门见山，生活才会更有故事

星期六我在家休息，打开电视，刚好转到央视的财经频道。当时放的是一个探讨企业推广的经济节目，七八个不同行业公司的老总，一起集思广益出主意。

那天的主题是，做小户型空间设计的公司老总，想要推广自己的产品——创意收纳小户型。

就是我们平时在网上看得到的，墙上一块木板拉下来，嘿，变成一张桌子。旁边的一块板子放下来，出现了一张床。

好玩的是，他很想做低成本营销。于是他决定拍一个微电影来宣传自己的这种产品创意。

他提出的问题是，怎么达到良好的效果，让微电影抵达受众群体，让大家选择他的公司产品设计。

别的嘉宾说了很多意见，我觉得都说得挺好，但总觉得还差了

第四章

点儿什么。唯独有一个嘉宾表示质疑。

这个嘉宾说，你看，你主要推销的是自己的装修产品。那你现在为了达到推广装修产品的效果，先去弄了一个微电影。结果把问题变成了怎么推广微电影影响大众的选择，你这不是绕弯子吗？

作为电视机前的观众，我当时就忍不住笑了。

那个嘉宾看问题看得太准了。明明就该直接去营销空间收纳设计，却绕到了去营销一部微电影。微电影拍得怎么样，能不能拍好，还是个未知数。

很多人做事情都有这么一个思维习惯。他想做成A事情，觉得要通过B来实现，就去做B事情，但是把B事情做好，又需要C资源。他就去琢磨着怎么倒腾C。

绕着绕着，路远山高，A事情就被搁置了，不仅没搞好，时间金钱都花了。

我身边有个男生朋友小卫，很喜欢公司的前台女孩，他就去讨好女孩身边的闺蜜，去打探女孩喜欢什么吃的，喜欢看什么电影听什么歌，又去找女孩闺蜜转达礼物。

没多久，女孩就被隔壁公司的男生追走了。别人双双对对的时候，小卫还在抱怨女孩的闺蜜给的情报不准。

其实直接去追求，去告白，也是一半成功一半失败的几率。失败了，也可以再去喜欢别人，不必空耗青春和生命。像小卫这种在外围打转的人，活该一直单身。

做事养成绕弯子的坏毛病，只会越绕越远，麻烦无穷。其实绕与不绕，归根结底，是思维境界的差别。

如果你想去做好一件事情，就别绕弯子，直接去做好它。开门见山，是最大的美德。

不开口，没有人知道你想要什么

先说一个故事吧！这是来找我咨询的一个年轻人的经历。

电话约好了韩海，叫他出来，我请吃粤菜。他的胃口不错，光顾着吃。我冲他大倒苦水说："我们上个星期换了个头儿，他以为他是谁，这不，我差点儿出了个大洋相。"

"出什么洋相？"韩海抬起头，好奇地问我。

我喝了口水，说："你不知道，我们这个新来的头儿原来在上海一家大公司，所以把那家公司做事的那套搬过来。尤其恐怖的是，他很喜欢找他的上司要事做。你想，大老板自然喜欢他，可是苦了我们啊，做牛做马为他争光。不过辛苦是辛苦，责任啊构思啊他也全部包揽了。我们乐得放松。就是有时候开会迟到，他会叫你站着，直到会议结束。"

韩海说："遇到这样的头儿你算走运了，还抱怨啊！"

　　"当然啊，"我恨恨地说，"前不久，产品要换新包装，重新制作广告，这活应该由别的部门做，但他一积极争取，事情就砸到我们头上了。在开会讨论时，他提出了一个古怪的创意。我们大眼瞪小眼。我忍不住说，创意是好，可未必做得出来……我话还没讲完，就被他打断了，你还没去找广告公司，怎么就知道做不出来？如果这家做不了，我们就换一家；如果成都做不了，我们就到上海去做。

　　"他这样，我们没脾气了。最后他又说，这是谁谁交代的事情，一定要全力以赴做好。

　　"我没法，只好把他的怪想法对广告公司说了，那边一听，马上叫起来，你们头儿脑袋有毛病啊，这种东西也叫我们做啊？我们干不了，另请高明！

　　"我只好直接找广告公司老总，她也无奈地说，你们是客户，本来应该满足你们的要求，但做出来会影响我们声誉的。

　　"回头我把广告公司的意思转告头儿，他一听大怒，说要送到上海去做。我心想，你这么个方案，送到火星去也没办法。

　　"我叹气，不过，实事求是地说，这个创意也有不错的地方，只要变个方式是可以实施的，而且效果还不错。"

　　"那你提出来了没有？"韩海问我。

　　"没有。"

　　"为什么不提？"

　　我说："这本来就不是我们的事，他既然要越俎代庖，让他去弄，搞砸了跟我没关系。我还真希望他弄砸，即使大老板不炒他鱿鱼，也让他知道收敛一点，别以为我们都是草包。"

　　没错，是有可取之处，但主动提，那不是自找麻烦吗？我们本来就等着看笑话的。过了一会儿，我反问韩海："我这么做是不是有些过分？"

"当然不好。"

"问题是他这种工作作风，会喜欢别人对他的主意说三道四吗？"

"呵呵，那看你怎么提啊！你要是真愿意听，我才说。"

我想了想说："我们这个头儿为人虽然狠，但实事求是地说，人品还不错，没有坏心眼。所以，有时我也想帮帮他，尽快打开局面，但你也知道，从小到大，我都比较傲，我实在不习惯主动和领导套近乎，可能是得了领导沟通障碍症。"

韩海摇摇头："别说得那么邪乎，我觉得你不是性格问题，而是习惯问题。"

我委屈地说："我哪儿会拍马屁啊，你教我吧。"

韩海想了想，指着桌上的汉堡包说："你知道吗？多数上司没有时间的时候，喜欢吃个汉堡包解决。"我茫然不解，没发现我的上司有这个爱好啊？

韩海给我解释："你呀，每次给上司提意见前，就先来几句好听的话，表示自己的诚意和礼貌，营造出愉快轻松的氛围。先对他的广告创意，确实不错的地方美言几句，反正送好话不花钱。夸完了再回到正题。你要委婉又坚定地提出自己的想法，比如对方的不足之处，以及你自己的设想。最后又是客气话，什么这只是一些初步的想法，也有不成熟的地方等，表示自己的谦虚，并不是蔑视对方的权威。"

真是个马屁精。我笑了，但这跟吃的有什么关系？

韩海微笑着说："你看，上下两层面包夹着肉，就像提意见，开头结尾都是客气话，中间就是意见。间或还要说点儿闲谈，就像生菜一样，平衡口感。整体来说，可不就是一只汉堡包？"

我这才开窍了，忽然明白，我到底为什么烦恼了，原来是心里有提意见的渴望却不会提，憋在里面才郁闷。不然怎么那么斤斤计较头儿的小毛病？我想我也明白了接下来该怎么做了。表达意见和情绪没错，但要使表达被接受，就得用谦虚客气与赞扬，夹住你的意见。我似乎已经看到，下次，我的那个脾气古怪的上司，在微笑中，接纳了我的意见。

工作的人，都有一个误区，那就是"人性失望论"。老板都是忠言逆耳的，老板都是爱听好的。老板为什么做不到"闻过则喜"？从心理学角度看，人都不喜欢被否定，尤其是直接否定。因为否定直接刺激到一个人潜意识里最深刻的地方——自卑。人的一生就是在不断追求认同的过程里，获得成就感的。否定，就意味着你不行，你差劲。任何一个上司都很难做到闻过则喜，历史上只有大圣人、超级贤者或权谋家做得到。世界上多数人是做不到的。

这是人的感性与理性的分离。理性告诉对方，你提的意见是对的，有效的，合理的，但感性上，觉得被嘲讽了，会难受。

汉堡包法则就是在感性与理性之间的平衡。道理其实很简单，良药苦口，裹了糖衣就行，就万千风靡。刺激一个人的自卑，令他人自卑，还会牵引出嫉恨。我不行，就你行，那么上司很容易就容不下你。核心意义其实在于，我在这件事情上高明，并不等于你无能。我的意见是提供给你参考的，而不是用来批判否定你的。甚至于，有时候就把功劳推给上司也无妨，因为你的价值已经体现，上司只会更加依赖你，这个时候你所提出的要求，更加容易实现。

我们不能控制机遇，
但可以正确运用自己的关系

《红楼梦》里面有个著名的人物，刘姥姥。

她只是一个乡下的村妇，七十多岁高龄，以今天的世俗眼光看，绝对的社会草根。

女婿不争气，花的比赚的多，坐吃山空，天天抱怨骂骂咧咧。女儿受委屈，自己日子也不好过。刘姥姥不抱怨，马上行动起来，凭借智慧勇敢，迎来了人生的逆袭，家庭的逆袭。

她是如何做到的？首先，她拉下老脸，跑到贾府去套关系，打秋风。

什么是打秋风？也就是想方设法要点儿银子捞点儿好处。对此刘姥姥认识得粗鄙又深刻，贾府家大业大，拔一根汗毛都比她的腰粗。

刘姥姥在拉关系这事上是高手。她提前做好了准备，过程当中看到机会赶紧抓住，需要她表演出丑的时候她就表演，需要她装傻的时候她就装傻。

之后刘姥姥成功地套上了关系，还跟一群贵妇们亲近了，一进大观园之后，接着二进大观园。

需要她讲笑话逗老祖宗贾母和贾宝玉以及一群千金小姐开心时，她就大讲特讲，没有笑话也要现场编一个出来。

贾宝玉正在跟林黛玉谈恋爱，喜欢听爱情故事，刘姥姥就给他编了个漂亮女孩雪下抽柴火的故事。

老祖宗贾母孙子夭折过一个，后来又有了如珠如宝的贾宝玉，期望抱上重孙子。刘姥姥就讲了一个几乎原样翻版的故事，有一家人也是子孙夭折，又得了一个好的。

就这样刘姥姥共计要到了两百多两银子，还有很多名牌好衣服、名贵药材、宫廷小吃。

这是什么概念？刘姥姥算螃蟹账的时候说："二十多两银子，阿弥陀佛！这一顿的钱够我们庄稼人过一年了。"当时一两银子相当于现在的两千来块，刘姥姥成功要到了几十万的资金。

这事如果我们把镜头调换一下方向，看看贾府方面的心态，对生活也很有启发。

精明能干又势利眼的王熙凤处理得特别好，说话特别客气婉转，哪怕她心里完全瞧不上这个乡下老太婆。

王熙凤说："皇帝都有几门穷亲戚呢，何况咱们？"

你看，再怎么势利眼，也不能赤裸裸地嫌贫爱富。毕竟是诗书礼仪的高门大户。

王熙凤还说，就算是亲戚三年不走动也生疏了，欢迎常来走动。

这是啥意思呢？

意思就是大富大贵之家，日常生活里早就做好了应付准备，其中包括应付这种登门来攀高枝儿的。高枝儿你们可以来攀，但你得认真主动来走动，拿出诚意来，以及做好不一定攀得上的心理准备。

用今天的话说，贾府就是顶级优质资源，百年贵族，赫赫扬扬，出的女孩儿，要么就是皇帝的贵妃，要么嫁给探花这种高级知识分子。亲戚朋友全部都是达官贵人。

贾雨村是个凭自己本事考上的进士，手不干净，贪污被贬官，落魄到给林黛玉当家庭教师。他这个人颇有才华，林黛玉的爸爸很欣赏他，就写了封信推荐给贾家。由此贾雨村就靠上了贾家。原著里，贾府的老爷"轻轻地"就帮他重新谋取了官职。一条大大的咸鱼，就此翻身。

优质的资源向来僧多粥少，人人开抢，各有手段。

有些凭自己的本事，比如刘姥姥，凭借的是七十多年的村野社会的阅历。对于一直生活在大城市的贾府男女老少来说，从来没见过这样的人，只觉得新鲜有趣。

你们不是天天大鱼大肉，见惯了荣华富贵吗？我带你们体会原野山村的自然风情。你们不是读着《西厢记》，天天写诗吗？我给你们讲《故事会》《知音》。啊，那雪地里抽柴火的女孩儿，如今你身在何方？"老刘老刘，食量大如牛，吃个老母猪不抬头"。

刘姥姥全力表现，博得好感，实在是拉关系的高手。才子为之倾倒，佳人们被逗得笑疼了肚子。

还有一些人用的下三烂手段拉关系，俗的直接送钱送女人，雅一点儿的送古玩字画。恶一点儿的，设计一个坑，诱惑对方下水，变成坐一条船，利益绑定。这就太脏了。心太贪，手段太黑，出来混，迟早要还的。

还有一种最笨的，就是心里明明很想要，嘴巴上却阴阳怪气冷嘲热讽。哎哟，你们家发财了，你们家有钱，一点儿感情都不讲了。你发达了，就忘记兄弟了。

这么讨厌的嘴脸，换了任何人，都不会乐意真心帮忙。这种人自己死要面子活受罪，还希望拥有优质资源的人主动示好帮助他们，简直是做春秋大梦。活得连刘姥姥都不如。

生而为人，其实无人不在关系的枷锁中，没有人能够逃脱关系的连接。

关系本身是一个中性的工具。除非你彻底与世隔绝，独自而活，但那也跟动物没什么区别了。

刘姥姥不知道何谓尊严吗？她其实是知道的。小说里说她去贾府打秋风，是"忍耻"而去。但为了解决一家人的生活问题，她果断"出征"，很有女英雄的风范。

"关系"是中性词，用光明正大的手段拉正确的关系，则有利，反之，可能有害。我们鼓励光明正大妥善用好关系。

我曾经在不同公司做过主编或总编，家里的亲戚总是第一时间能够打探到。然后呢，当然是这个亲戚来问"介绍侄女去你那儿上班"？那个好友来找我"能不能把表弟推荐到你好朋友的报社呀"？

一般这种情况下，我都是直接装傻："报刊都是夕阳产业，大把裁人，有的还倒闭关门了，实在没法介绍哟！"

但如果是转交来正式的简历，想找工作的孩子亲自来秀一把自己，实习一段时间证明自己的能力。我就很乐意推荐。

事实上，我从前带过很多实习生，挑选其中机灵有能力的，推荐给了熟悉的朋友。当时我冷眼旁观，有三个女孩两个男孩最突出。

其中一个女孩每次来到办公室，都把我桌子上的资料整理好。从家里带来特产，分给每个编辑一点儿。她最先尝试自己写稿，还被杂志转载。临近毕业，她拜托我向媒体推荐她。我就把她推荐给另外一家公司的老板。

后来那个女孩工作了几年，成为主编，发展得挺好。

我的朋友求才若渴，需要人。作为实习生的老师，我考核观察，觉得适合，为什么不推荐？

在别人完全没接触过，不了解的情况下，熟人关系的推荐，其实很接近法律上的"担保"。

徒弟有出息了，做老师的也觉得很开心。如果我瞎推荐，要是介绍出去的表现糟糕，败坏的是我自己的声名。

实习生如果不多跟指导老师套近乎，指导老师又怎么知道你能力行不行，性格好不好？

还有一个年轻男孩，是我手下的编辑，毕业于北大，热爱动漫文化。后来离职了，他自己写作出了一本书，找到我，希望我在他的书封上作为名家推荐，我也答应了。

至于那个男孩，我至今记得，很多期杂志的读者调查表都是他统计的。那是个特别容易偷懒的任务。我观察到，他很仔细地一张张计算叠加，挺认真的。所以我愿意推荐他的书。

这其实是积极阳光地靠关系。自己有本事，肯努力，再借用一下关系的跳板。我愿意成人之美。

在《红楼梦》这本奇书里，刘姥姥拿到了银子，是怎么做的？书里有很多线索暗示，她敦促女婿女儿置买田地，投入到生产当中，恢复家业。从此可以自力更生，就不必求亲靠友了。

贾家落难了，刘姥姥也挺讲义气，搭救王熙凤的女儿。就因为这些原因，几百年来的读者们，都对刘姥姥很有好感。

贾母在《红楼梦》里，是个食物链顶端的老太君，在大家族里从孙媳妇做到老祖宗，其实是个极为聪明能干的狠角色。不然她早就在六十年的争斗中被打垮了。

贾母和刘姥姥的出身不同，人生待遇天差地别，一个安享荣华富贵，一个为生计奔波，忍住羞耻寻找机会拯救家业。

如果交换一下投胎机会，她大概也能做到贾母一样的位置。

我在很多大学里做讲座，常常被要求推荐好书。其实不用东张西望，读懂了《红楼梦》，就可以获益良多，小说里的一个老年村妇，都充满了闪光点，我们可以从刘姥姥身上学到些东西。

你的能力决定了你的价值

1

从今天开始，陈克成为菲亚与小远的最高上司。他是总公司从德国派来的行政总监，全权负责子公司的所有事务。菲亚与小远一般不会与陈克直接接触，因为她们只是负责接待的两个小职员。

菲亚已经在公司工作了两年，小远则是初来乍到的新人，她们做的是同样的工作。小远并不把菲亚放在眼里。因为一个人在公司待了两年，仍没有升职，估计已经没有什么发展前途。

每次开会，菲亚都能以最快捷的速度，适时递上陈克临时需要的资料。可是，头儿并没有对她另眼相看，因为这些事情实在微不足道。但菲亚仍然做着这些事，而且始终带着职业化的微笑，既没有对领导成功献殷勤的得意，也丝毫不在意身旁小远投来的鄙视目光。

2

午饭时间，陈克居然亲自来到秘书室。他扫视了一下，只有小远在。陈克吩咐："小远，下午我和助理要外出，你负责接听一下电话。有什么事情处理一下。"小远急忙称是，心想终于有了机会在领导面前表现自己。电话果然不少。

第一个电话，小远："现在是休息时间，半小时后你再打过来。" 第二个电话，"喂，你好，我想找陈总。""不好意思，他不在。""那我找他的助理。""也不在。您待会儿再打来！"……自认圆满完成任务的小远，一回秘书室，扑面而来的却是经理的训斥。"你的水平怎么这样差，连个电话都不会接，客户不说你不行，会说公司人员没素质。"小远一下子蒙了，没犯错呀，自己很客气地接听了电话呀！客户也太挑剔了。经理咆哮道："今后，多看看菲亚是怎么做的吧！"

3

不久，陈克再次光临秘书处，点名要菲亚去接听电话。小远暗自留意她如何应付。

估计打来电话的人需要某个客户主管的电话号码。菲亚回答："哦，好的，您仔细记录一下，他的名字叫……他的电话是……他现在与我们合作的业务主要负责人是……"小远傻眼了。菲亚居然主动提供了如此多的信息，这样一来，对方就有了更多的选择和了解。可自己只是一句"人不在"就打发了。

"你有什么事情吗？哦，想借用一下我们公司的技术人员，我去看看。"菲亚小步跑着往返。十五分钟后，电话那边的人似乎非常满意，因为菲亚脸上又浮现出习惯性的微笑，不断地说："好的，好的，希望您的事情早点儿解决。再见！"

还有一件事情，小远想不通。为什么其他部门经理让菲亚做的事情，她也尽心尽力。那不等于做了那些经理秘书的工作吗？但菲亚对此一点儿也不在意。

4

秘书室的经理要调到其他分公司去，小远看准了这个位置。不过，那是她两年后的计划。现在，她明白：经验丰富、老练能干的菲亚，才是最适合的人选。

正如她所料，菲亚接任了经理，成了她的顶头上司。菲亚的上任得到了各部门经理的一致赞同，因为他们平时交代的事情，菲亚也一样能圆满完成。

就职仪式上，陈克这样评价菲亚：有集体荣誉感，没有小部门观念。只要是公司的事情，落到她头上，都会认真去做。

5

你观察任何一个老板，就会发现老板的共同心理就是这样的。他给出命令，员工做好事情。 第一位的是，你要坚定地去做，不要立刻就推辞和觉得困难做不了。第二位是迅速摸清命令的难度和可操作性，该怎么做？有操作困难，马上反映给老板。这个时候老板会知道，你不是在推诿，而是真正在解决问题。

简化而言，就是坚决执行任务，坦白提出求助。另外，在工作面前是没有永恒的分工的，如果你遇到了分外的工作，也一定要妥善解决。否则，老板会认为你没有团结合作心。你要站稳脚跟，谋求发展，就得成为一个做事的人。

你的优秀值得被人看到

1

小黄是专科生，大学就盯紧深圳的一本杂志。毕业前夕，看见那刊物招聘启事。学历要求本科啊！投简历过去。意料之中，连面试机会都没有。回复简单而客气，将他拒之门外。以他在名刊物发表那么多文章的经历，不甘心。

他直接冲到深圳。三言两语骗过门卫，抱着文件穿行于格子间，大家都以为他是办公人员。他找到主编办公室，轻轻敲门——直接见到了主编。老总目瞪口呆，怎么人直接过来了？其实老总早就认真看过了他的简历，只因为是专科的，直接忽略他……

"您好。我没有本科学历，但是我的经验绝对不差，文笔也很好。对比其他人，如果我获得了机会，我会更加珍惜来之不易的工作机会，稳定性更强……"

老总佩服小黄的自荐能力，当场面试。一小时后，从办公室出来，小黄笑了。从现在开始，他就进入了三个月试用期。

在一群学历比他高的同事里，小黄暗自庆幸。没有本科学历，在这个外来人才蜂拥的城市，在这个算名牌的杂志，他成功闯过了第一关。没有在硬件栏杆上被卡下来。

三个月后，小黄如愿正式工作。

2

"你没有工作经验。"主管招聘的人对张力迟坚定不移地说。他也知道自己缺乏的是从业经验，但是，自己真的很适合这家公司。

连面试的机会都没能得到，难道就这样放弃？不如直接闯关找公司的老板谈谈。可电话打到公司总机，前台小姐无论如何不肯把电话接进去。

又问老板办公室的地址，前台小姐还是不告诉："这个保密。"

张力迟灵机一动。还有网络啊，还有电子邮件啊。他赶紧去上网，果然，这样一家大公司的老总，网络上到处都是他的介绍和资料。

当然也包括他的年纪和生平。而这家公司有自己的网站。张力迟查到了后缀，输入老总的名字拼音、名字拼音加年纪、名字拼音缩写，并且写了一封长长的电子邮件。

邮件的正文是对该公司的详细了解与构思，有条理的、清晰的，并且严谨的一篇工作计划。

两天后，小张收到了回信。是老板的亲笔信，欢迎小张这样的人才加入公司的团队。

3

薛禾被拒绝了二十次。每每拒绝，都是无法接受的理由——女生，眼睁睁看着男生轻松取得职位，她就愤愤不平。

这次她在简历上轻轻删除了两个字。保留厚实的实践经验，优秀的作品复印件，还有各类证明资料。一星期后，薛禾的手机响了。

"请问是薛禾先生吗？"是很成熟的声音。

"你好，我就是薛禾。"电话那边一愣："是女生啊？"

没错，在性别栏她少写了两个字。而公司居然真的忽略了。这不，打电话的就是人事经理。他完全没注意到，这样优秀的薛禾居然是女生。

"薛小姐，你的条件老总很满意。可不好意思啊，这个职位只要男生的……"薛禾怎能放过机会？

她正面和性别歧视交战："我的简历作品使你们分不出男女，这就证明我不比男生差。而我更加有女生的优势，比如细致认真等。"

是啊，为什么要放弃这样的人才呢？人事部和总经理商量之后，给了薛禾机会，同时修正了公司招聘计划。

后来，她微笑自信地在办公室忙碌时，对后来的毕业女生说，真的，女生一样能干啊。大家公平竞争，不妨避重就轻。

第一个故事里的年轻人，策略是直接"闯关"与"高层"对话，让对方了解到你的优势，把你的能力展示出来。

第二个人的策略是了解对方公司的一切，找出适合自己发展的空间，但凡能够直接沟通的办法，不妨大胆尝试。具体如写自荐信、送贺卡、发电子邮件等。

第三个女孩，则用了一点点狡猾的策略。反正是没有机会，不如直面而上——隐藏你的性别，发挥你的能力。事实胜于雄辩：女生一样能做好，还能够更好，为什么不要你？

　　还没上台一个大棒就挥舞过来。你，这不合条件，那不合标准。这些硬性条件，真的有那么硬吗？其实未必。这个时候不要望而却步。

　　说职场势利残酷，那是天真幼稚病，找工作就像跨栏跑。

　　你看过跨栏跑吗？一个又一个硬件挡在了你的前面。如果你是一个优秀的运动员，就应该跨过去，想方设法跨过去。让你的能力展示出来，被人看见。最关键的字眼就是跨，避开弱点，亮出你的优势，向对方展示你的能力、知识、特长，争取对方破格的机会。

　　甚至你还可以破釜沉舟，大可以尖锐地指出招聘的条件存在漏洞或歧视，这个时候无所谓风险不风险，最坏的结果不过是仍然没有机会，那就换一个地方去尝试。

只有人生的超越，没有命运的安排

第四章

越过青春的徒劳无功

毕业后工作，也有过辗转犯傻。到电台的第一天，主任吩咐主持人："这个是新来的同事。你做栏目多年，还得你多教教他。"

那位主持人的节目我听过好几年，声音很棒，有很多听众，就是好几年都是老样子，没什么变化也没什么特色。据我所知，一直都是他自己编、写、主持于一体的。我想，我要在自己的手上做出新的特色来。

心里固然这样想，嘴巴上还是请他多指教。他跟我通气："周末要请一位嘉宾，你是做文字的编辑，先写个策划稿子吧！"我笑着点头，这还不简单？这是个机会。好了，我要发挥自己的本事了。

我上网收集资料，调查了一些大学生的热点新闻，并且咨询了几个研究大学生就业的专家，以及一些职业中常常遇到的问题。我想，这个肯定有人关注，现在很多人为这个困惑。

节目开播是星期六晚上九点半。因为时间赶得很急，我忙得不亦乐乎，一天一夜兴奋得没睡好。终于把材料准备齐全，并且赶在晚上节目四个小时前，把稿子写出来了。

那天下雨。我因为早早准备好，一直就待在电台等着。

那个嘉宾先到了。我看看手表，她提前了一个半小时。看来她是个细致的人。我有点儿紧张，她会不会很挑剔我写的策划文稿？

她收拾好东西，坐到录音室外的休息处，向我招手："你好啊，你是我们这次节目内容的编辑吧！你的文稿写的什么内容，我怎么没接到通知？我们先沟通一下吧！"

我把费了好大劲才做好的策划文稿，用文件夹夹好，交到她手中。她很认真地看起来。几分钟后，她抬头说："你这个不行，太学生腔调了。"

我愣了一下，看了看打印出来的文稿，倔强地回答她："我不觉得啊！我按照很职业化的方向准备的。"

她显然没想到会遇到我这样的回答，表情很惊讶。她看了我一眼，不说话了。我赌气走到一边去，很快，主持人也赶到了。外面下雨，主持人收好雨伞，和她热情地打招呼。看得出他们很熟悉。

她跟主持人聊了几句，向我指了一指。

然后主持人走过来了，对我说道："请她来做嘉宾，是有节目安排的考虑。她是一个负责解答情感心理困惑问题的专家，但你准备的全是职业心理问题，你叫她如何解答？"

我很委屈，头脑一热，不客气的话冲口而出："您知不知道，我做了一天一夜。"话出口，后悔也来不及了。

我没想到那位嘉宾居然笑了，她笑着在旁边说："别说一天一夜，三天三夜都不行。"

"你做多长时间，和我念不念你的稿子没有任何关系。你做得再好，也只是你自己的想法。你没有和我沟通，你怎么知道我擅长不擅长？最少你也要先和我打个招呼，你准备的是什么节目内容。不然你的问题我一个都答不出来，现场播音难道在那里大眼瞪小眼？还是等着你临时胡乱问几个问题？"

我付出了这么多努力，却被这样嘲讽了一番，我当场忍受不了。虽然没一摔文件不干了，也是不管不顾地冲出了电台大楼。

"好吧，你不要我的文稿，我看看你们怎么做节目？不就是老样子吗？"

我抬腿走开，那边"on air"的指示标记已经亮了起来。

我在外面溜达了一圈，头发潮湿地回来。等我回来的时候，节目已经开始了大半个小时。我就坐在外面听着。

我听到的很出乎我的预料。嘉宾和主持人一问一答，紧凑而细腻，问的和说的话题，我自己也感觉是很让人关心的。其实主持人对我很客气了，我撇开他写策划文稿，他并没有直接指责训斥我，也是好好地跟我说事。

我的脑袋里还出现了模拟的另外一种场面，如果念的是我写的文稿……嘉宾一问三不知，勉强回答，听众不知所云……天气不热，我的额头居然冒汗了。

节目的末期，外面打进热线的人一个接一个，还有好多电话等待着想要和嘉宾聊一聊，嘉宾很是受欢迎。在她举重若轻的解答里，纷纷以"谢谢"结束。

可我心里仍然难受。我付出了差不多二十个小时的努力，付出却没有回报，还被否定。被否定不说，还是被这样悲惨地否定。

等到他们做完节目一起出来，我先跟主持人道歉："对不起，事前没跟你做好沟通。"他摆摆手说："算了，下次注意，倒是你和咱们的嘉宾该说一声对不起。"

我看见女嘉宾到休息室休息喝水。

我张了几下嘴巴，终于对她说出口："您的谈话和解答真好。"

她客气地笑了："谢谢你的赞扬。"

多年后，我才深深地认同，职场就是这样，只看结果，少提过程。新人尤其喜欢计较付出，力出了不少，工作也干了很多，但是成绩不怎么样，做出的东西不能够让上司满意，受到了批评，心里就充满懊恼和怨念。

可惜无用功就是无用功。

这个时候，如果不断强调辛苦的过程，其实更加让头儿瞧不起——花了那么多的时间还做得不好。老板是关注结果的，过程是员工关注的。说职场势利残酷无情，真的是天真幼稚病。

越过青春的徒劳无功，得觉悟：要么独当一面，然后自己赚钱，自己独立，可以去做自己喜欢做的事；要么，学会和同事一起合作。

我们心中的怕和爱

炎夏的末尾,我去做一场签售交流活动,在古老的洛阳城,新建的一家王府井中心里面。

去之前,我不知道现场是什么样。我一直纳闷,第一次有服装品牌邀请我合作。

去之后,我惊讶了。原本,我想象中,这家叫元也的店,是一家纯粹的女装店。但是,整个店处处摆满了书籍,就是一个大型而美好的书店。

设计师还给我做了一个装置艺术,作为讲台背景。我强烈感觉到,布置现场的设计师,有他的用意。

左右两张大幅海报,各有一个通红的心,用红色的丝线,串联起来,剩下的,是大面积留白。

在以往所有的签售会、读书会、阅读结合手工活动、讲座,我都没遇到这样的设计。我心想，太好了。

好在哪里？

越是简洁的事物，越能够激发联想。

隔天，现场的人越来越多，我站在海报前面，看着满怀期待的许多张面孔。我笑了一下，说："我想请每一个人站起来，告诉我你对海报设计的看法。"

"我觉得，这两颗心，通过丝线连接，象征的是日积月累的亲密。所以，我觉得是幸福的。"

"我觉得很难过，甚至有点儿疼。那么多的丝线，透过心。"一个穿着黑色衣服，有一点儿成熟的女士说。

"我想，这是代表着美好，因为无论如何，他们是在一起的。"一个年轻的女孩说。

又有一个女孩说："我感觉这两颗心是不一样的。你看，右边那颗的轮廓边缘完整顺滑。而左边的，似乎伤痕累累。"

我回头仔细看一眼，还真的是有细微差别，这一点连我都没注意到。这个读者粉丝观察很认真。我点点头，称赞了她。

还有一个男孩说："每一道丝线，就是他们之间发生的一个故事。所以能够走得越来越近。我觉得很棒。"

我觉得这个男孩说得很沉静，忍不住表扬他："你的看法很积极正面。"

在这个男孩旁边，还坐着一个漂亮的女孩，戴着猫耳朵发箍，看起来青春照人。我猜他们是情侣："你们俩是一对吧！一起来参加现场活动吗？你呢，你对海报怎么看？你觉得男朋友说得对吗？"

猫耳朵女孩却羞涩地否认了："那个，那个，他不是我男朋友啦！我倒是觉得，这两幅画并列放在一起，其实不止说的爱情。虽然通过红线连接，但还有大面积的留白啊。这些留白说明，我们也有亲情友情，还有自己的空间，做自己喜欢的事情。"

直到，一个一直很沉默的女孩说："我失恋了，我觉得很悲伤。"

我让所有到来的读者粉丝，都说出了自己的看法。然后，我退回到原来站立的位置，反问："大家想知道我的感受和看法吗？"

我轻轻地分开海报的缝隙，招手让大家都来看。大家涌过来，表情惊异。

在海报后方别有洞天，有一男一女的壁画头像，有一个英文单词"home（家）"，还有日常生活用品：碗筷、杯子、水龙头、酒瓶、餐桌……这些物品摆放在一起，散发着温馨的家庭气息。

大家流露出恍然大悟的神色。

一个学生模样的粉丝说："您是想说，在各式各样的爱情观背后，原来我们向往的终点是家。对吗？"

我摇头："不，不。这不是我的感受。"

我想说的是，年轻时候，怀着对爱的憧憬，我们交付自己的心。但是，有的人交付了，对方不接受，只能怀揣着一颗真心，继续寻觅。

还有的人，交付了，在一起之后吵架闹矛盾，虽然结婚生子，多年后还是觉得难受不合适，放弃家庭分开了。

有一些人，虽然人一直在一起，心却各有所属，惦记着他人，就这么貌合神离地过下去。

还有一些人，彻底分开后，却又忘不了，觉得遗憾可惜，思念不尽。但客观条件改变，无法回到原本的关系。

每一个人都有自己的爱情观和价值观，都挺有道理的。但是，观念是对过去的总结，无法概括所有的人生，所以别让自己的灵魂固执僵硬。

这一切，都是因为，生命是流动的。

因为流动，就会有新的变化。哪怕从前稳固幸福的关系，也有缝隙。

因为流动，我们又充满了可能性，处于单身状态的人有希望遇到新的人，诞生新的故事。

我一拍手，说："好了，这就是我的态度，我讲完了。我们来签书。"

我那些可爱的读者粉丝就嘻嘻哈哈冲过来。

其实我也留白了。我只说了，不该灵魂硬化。剩下的我用来给自己书写，让听众去想象。

生命的这种流动，并不是天长地久的。

就在下午的签售交流之前，我和十年一聚的老朋友，匆匆忙忙去了龙门石窟。

龙门石窟千姿百态，据说有十万多尊佛像。

我终于见到了最大的一尊，卢舍那大佛。仰头看了好一会儿，我就离开了。

佛像已经存在了千百年，无数人见过它。它却一个人都没有见过，因为它只是石头雕琢的佛像，它是在全世界范围内都重要的艺术品，但并无生命。

跪拜的人，求的是自己的心，想要的东西那么多，忧愁的事情那么多，不求大佛，也会去求别的什么。

带着家人游览摄影合照的，是享受亲情。某年某月某日，在这儿玩过。多年后拿出照片可以回忆。陪同朋友对比十年前后的容貌气色的，见证的是友情。手牵手亲密看风景的小情侣，当然是沉浸于爱情的甜美中。

再过一年之后呢？

我的老友的人生刚满不惑之年，下一次再见，就奔向知天命的年纪。

那些举家出游的人里，孩子会长大，离开父母。父母会老去，祖辈年纪更长的，甚至告别人间了。情侣们还年轻，未来聚散不定，各自换了伴侣。

佛教里的经文，特别喜欢强调欢喜无常。

也就是什么都会流变的意思。

人生唯有以无常对无常。

第二天上午，老友陪我最后游览一段行程，去洛阳老街。

我们谈到了一些生活琐碎。

他说，他的家人是企业的工人出身，对他喜欢的一切都不以为然。在他的妈妈看来，人就该好好上班，老老实实，不要看闲书。亲友态度也是一样。

他喜欢画画，虽然没专门学过，但我看过他画的佛像，很精美。至今，他妈妈仍觉得他是年纪老大不务正业。

于是他仍然留在一个老式的单位里，做着办公室工作。

我回忆起当年选择辞职，不想朝九晚五时，我的妈妈万分惊恐，害怕丢了饭碗会饿死。夜里，她忽然从卧室走出来，坐在我的床边："几十万房贷啊！没工作又没稿费怎么办？"我啼笑皆非，却全然明白理解，唯有叹一口气。我真不忍心看她这样惶惶不安。

因此，我又工作了三年，像淤泥一样，在单位里充满厌倦地待着。直到我有点积蓄，还另外安置了房子，妈妈才一半担忧一半放松。

我趁机流动了，从此投身无业游民，成为自由自在写作为生的作家。

我们还提起共同的朋友，嫁到了广州，衣食无忧，身在别墅。但她仍然有她的不足与惆怅。我去广州短暂工作的几个月，碰头过一次。太阳底下，烦恼类似。最近她去做公益了，默默地祝福她。

仅此一次的人生，不胜枚举的牵绊与挂念，因深爱而不忍，为自由而烦恼。

他说，他活到这个年纪，才觉得，再也不想管别人的闲话，也不想完全按照妈妈的喜好去生活了。他就是喜欢读书，喜欢文学，喜欢活泼生命力，喜欢驴友出行。说闲话的人，其实很快就忘了为什么说你。你自己还在耿耿于怀，简直吃大亏。

我为他高兴。他心里都明白，只是从前受到的束缚太深，无法放开来。

进了丽景门，繁华又热闹，字画古玩小吃衣物，人头攒动。走着走着，穿过这座鼓楼，顿时一片寂静。沿途都是冥事用品店铺，路面空荡荡，没什么人了。

一条老街，分了东西，以中间的八角楼为界。

西大街烈火烹油，东大街冰凉无味。

我挺想生活在热闹的前一半街上，却喜欢后面的这一段路，心平气和，冷清明白。

生命流啊流，从少年到暮年，然后离世。身后事交给了亲眷后人，到东大街采购用品，以完仪式。

这是人生的有限性，一直都放在你面前，看你是否愿意去想起。人势必独自走到尽头，灵魂枯萎，化为尘土，不再有温度，更加不会再流动了，固定在时空的那一刻。

这便是我们心中的怕和爱。

我们从西走到东，又从东走回西边。吃花生，掰面饼，喝羊肉汤。汗水汹涌，但也挺酣畅。正是立秋后的头一天，喧嚣世界再次扑面而来，日光弱下去，凉风吹起来。

有一天，我们的生命不再流动，在此之前，我愿选择尽情流淌。

很多美好需要耐心

我家所在的小区，是在本市的老城区交界插花地带，重新规划出来的新城区，也是新城区里第一个住宅小区。买房，我是第一次。内陆城市的现代化住宅业刚刚发展，什么样的房子好，大家都没有经验。

我在看房的时候，第一眼的印象是好多不认识的树木。玻璃窗的窗框是墨绿色的，墙壁的贴砖是黑巧克力颜色的，看起来是一种非常奇妙的沉静。我在各地城市旅行，没怎么见过这种颜色搭配。门口也种满了好多的植物，空气很好。

我一眼就喜欢上了这个小区，从此把家安在里面！

三年以后，阳台前面的栀子花全开了。我们这些分不清植物的城市人，纷纷惊喜。浓郁的香气，惹得小区外面的人闻香来偷摘栀子花。

五年后，小道旁边的晚樱开了，黄昏时，风吹过来，花瓣如雪一般飞舞。那一刻，我都看呆了。

七年以后，柠檬树结出了柠檬，枇杷树长出来枇杷。邻居们动不动去摘金黄色的果子，小孩子满地去捡，年轻情侣在树下拍照。

我心中很好奇，这个小区当时的设计者，是怎么想的。很多人不认识这些树木，一开始看不出其中的玄机，有些人就抱怨，黑夜或下雨的时候，特别容易迷失方向。直到花开了，结出了果子，才格外喜悦。

武汉是个炎热的火炉之城，当年矮小的树木长大长高，我们住在里面一片清凉。平均温度比外界要低上好几度，夏天的空调电费都省出来不少。

我忍不住在网上搜索，用小区的名字加上设计师。非常意外，居然给我找到设计师的博客了。这个小区最初的设计师是一个苏州女孩。从建筑系毕业以后，她在一家设计公司工作了两年，接到了我家小区的项目。

她在自己的博客里写道，想把自己的第一件作品做好。她是苏州人，很喜欢自己家乡的园林，于是她用树木做了很多的移步换景。这就是当初被很多业主抱怨的容易迷路。

她想要营造一个鸟语花香的氛围，想给未来的居民一个惊喜，拥有枝繁叶茂来遮阴，也拥有采摘的小乐趣，于是她想起了多年生的果树，要求开发商种这些暂时看不出效果的果树。

起初她构思的是贴红色的墙砖，在某一栋楼做实验，发现跟绿色的窗，搭配不协调。她就逼着开发商重新铲掉了，换样品，用黑巧克力颜色的墙砖搭配，顿时出效果，非常耐看，这和她绿化设计使用大量碧绿的植物树木，相得益彰。

她甚至劝开发商说，只要做得精致好看，一定不愁房子卖不出去，住进来的人一定能感受到的。所以再利用一点儿空地，加一个游泳池吧，再加一个网球场吧。开发商就觉得多花成本，她就反将一军，你们推销也有卖点可以介绍，涨价也有理由啊！

那个年代，游泳池和网球场都是很少见的。她一点点磨，开发商被她和实际的效果说服了。

看完了她博客里的工作手记，我特别感动。原来那个露天游泳池，还有网球场，是这么争取来的。

许多年后，我们纷纷享受到了她最初的设计心意。除了我，没有人知道她的名字。甚至我也不知道她的真实名字，因为她写工作日记的博客用的是网名。

很多美好的事物，是深沉悠远的，也是极为珍贵的，它们的美好不是一下子就容易发现的，需要我们多一些耐心。

那个女设计师的勇气，我想是因为她对自己的专业自信。她冒着被我们误解的风险，送给我们优美的居住环境，得以拥有生命中美好的记忆。

心平气和的时刻

想说说我的母亲。我的母亲是一个急性子，在这一点上，我也遗传了她的脾气。童年时代，我旁观着她匆匆忙忙地吃饭，匆匆忙忙出门去做兼职的副业，这一切都是为了养家糊口。她其实在五十岁就退休了。但她还是闲不下来，又去找了一份工作，一做又是十年。到了六十岁的时候，她终于彻底歇下来不上班了，悠闲的时间多了，她反而有点儿手足无措。

我建议她就在小区里面多逛逛，我们家所在的小区，绿树成荫，枝繁叶茂，花鸟池塘，一应俱全。她答应了。

日子如流水，继续流淌着，有一天，我的母亲回家，她手里拎着一串金色的枇杷果，果子圆润，色泽可爱。她问我："想不想尝尝？"

我问她："这是从哪里得来的呢？门口的水果摊没看见卖枇杷

呀！"

母亲告诉我，原来小区里的枇杷树已经成熟结果，对面楼栋的邻居搬来梯子，摘了好多。那位邻居跟我的母亲年纪相仿，看到我的母亲在旁边观望，就跟她攀谈起来，还给了她两串。

母亲说："没想到这枇杷味道还不错。"看着她满脸的惬意和欣喜，我也为她高兴。我心中明白，她的乐趣其实不仅仅因为吃到了枇杷——看别人摘枇杷，跟邻居闲聊，欣赏春夏之间的花草树木，诸如此类，这令她终于变得缓慢从容一些，心平气和一些。

有一年冬天，我到北京为工作的事情忙碌。那天清晨我很早就起床了，看了一下行程，我有点儿皱眉。中午之前，先要去中央人民广播电台录制一个节目专访，下午再赶到北京师范大学，做一个讲座，晚上则是去参加腾讯的星光大赏。

每一项活动都很重要，时间都很紧凑，都是已经安排好了的。安排活动的工作人员发来短信息，催问我：沈老师起床了吗？我已经出发来接您了。

我当时独自坐在酒店的床边，看着北京灰蒙蒙的天空，忍不住叹了一口气，这真的是"你我皆凡人，生在人世间，终日奔波苦，一刻不得闲"。

这几句出自李宗盛的《凡人歌》，是他还很年轻的时候写的。他后来能够写出《山丘》这样深入人心的歌，应该也得益于这样的细致入微，体察日常生活。

感叹归感叹，事儿还是要做。吃过早饭，我抓紧时间出门。偌大的北京城，堵起车来，很糟糕，所以提前出发。

路上果然堵车，好不容易赶到央广大楼，距离约定录节目的时间只有十分钟了，传达室联系主持人时，陪同我的工作人员也急得满头大汗。在电台大楼里面经过了三道安全检查，来到了录播室，主持人海涛没见面就说："放心，不用急，我们就是随性聊一聊。"

如此这般，甚好。我们聊看过的小说，聊鲁迅对金钱的看法，聊我的家人的寻常趣事，不知不觉，就聊了一个多小时。因为都很放松，聊的过程挺开心的。

至于大学里的讲座，在开始之前，朋友带我去吃了附近的烤鱼。那家餐厅颇为有名，清香浓郁，十分美味。讲座这种事情，只要自己别太正襟危坐，板着脸讲大道理，其实并不辛苦。来听讲座的人，有学生，也有教授，放松谈谈自己的所思所想，交流起来，很多惊喜。譬如现场来了三个老阿姨，她们相约一起来北师大坚持听人文讲座，吸收知识，准备结伴投身于公益志愿者组织。

晚上叫了一辆出租车，从一个城区到另外一个城区，整条大街人山人海，围得水泄不通，我只得步行了几公里，抵达会议中心门口，进了星光大赏的会场。来到这样的场合，纯粹是因为我的另外一部分工作需要，同事没时间，恰好我在北京，顺带兼顾。

我从来没有追过星，平心而论，我对于娱乐圈，心存偏见，觉得他们就是凭借美色皮囊博取名利，各种庸俗桃色绯闻闹腾，经年累月，永不间断。既来之，则安之，我心平气和地观看。

中国的大牌明星，大多数都出场了。现场近距离看着这些明星的一举一动，他们微妙的表情和动作细节，我忽然理解了那些疯狂热情的粉丝。他们真的风姿万千，或英俊洒脱，或妩媚鲜妍，或诙谐幽默，开口就能逗人笑。有一个知名影业大公司的老总，颁奖时刻，他称赞一个年轻艺人，日渐稳重，从小男孩长成了成熟男人，更有气度了。他们相互致谢开玩笑，这老总哈哈笑着，给年轻艺人来了一个新娘抱。这些人物，离开了影视圈的角色，也有独特的个性和光彩，细细琢磨，很有意思，很能一窥别的行业圈子的人情世故。

一天的事情，统统做完，访谈和讲座的效果都很不错，还看到了精彩的表演。那天深夜回到酒店，四肢疲沓，人也有些劳累，但我心中一片平和畅快。

生命中的从容，源自自由开放的心性。人生中要做的事情，不要当成任务，不要怕事，也不要像小学生那样，抱着急于完成作业的心情。

如果一个人活着，看不到内在的本质，被表象所迷惑，难免心急火燎，五内俱焚。

我们经历种种事情，都会带来丰富复杂的体验，最终构成我们的一生。

追求有意义的人生，中间过程的烦琐，是应当直面的。

前段时间，看到动漫大师宫崎骏的一段访谈视频，宫崎骏老先生一边手绘图画的线稿，一边嘟囔着："烦啊，好烦。""真的好麻烦！"

我当时忍俊不禁，笑了半天。宫崎骏老先生八十多岁了，享誉世界，他的那些瑰丽童心的作品，打动无数人，也包括我。

然而，他接着说："你说什么好烦？总之就是好烦啊！但在世上做着重要的事情，就总是会很烦。"

是啊！人生如此，没有人能够免除烦恼。宫崎骏抱怨的时候，并没有停下笔。完成作品之后，那无限的满足与平静，是对创作者最好的奖赏。美食之于厨师，图书之于作家，歌曲之于歌手，都是一样的。

这就是人，看似矛盾，其实统一。

这即是"观照自我"，以出世的心，做入世的事。江上波浪滔滔，一叶扁舟出没其中，穿过疾风大浪，抵达浩瀚宁静的深海，凭借的是我们自身的控制和修持。

有了这样一个大宗旨，我们自然"灵台清明"。外界的烦扰烦琐再怎么颠倒众生，我们自己且心平气和。

第五章

身披星光，
一路向前

前半生拿得起，后半生放得下

念大学时，有一件事我印象特别深刻，那位慢条斯理的女老师被气哭了。

那天一如既往，各个小班的同学啃着豆皮，吃着油条豆浆，嘴里吸溜着热干面，陆陆续续进了阶梯教室。

上课铃响了之后，吃东西的都开始收敛，几个勤奋好学的女生已经抢先坐在第一排，准备两堂课都睡过去的男生纷纷去霸占最后几排的位子。

几乎所有的大学都是这样的情况，有的人专心搞学习，有的人玩着混着恋爱着度过四年，在黑白中间的灰色地带，就是大部分又想搞好学习又忍不住玩一会儿的。

教我们经济法课程的女教师按部就班打开讲义，从名词解释到案例分析，逐一讲起来。坦白讲，法学院一群教授老师里面，她已经属于表达清晰、授课严谨有水平的了。

女老师在上面讲啊讲，倒数那几排打呼噜的声音开始冒出来，中间那一大群立场摇摆不定的同学，男生开始说悄悄话分享昨天打游戏的心得，或者心不在焉地看窗外，小情侣压低声音打情骂俏。

这些窸窸窣窣的细碎响动，汇集到一起，动静就很大了。我开始注意到，女教师提高了音量，虽然她本来就已经用着扩音器。

道高一尺魔高一丈，阶梯教室的嘈杂声也加大了。女教师再度提高了音量。过一会儿她的嗓音已经提不上去了。她突然大喊一声："你们怎么这么闹？"

她的情绪爆发，开始失控："你们是不是瞧不起我，觉得我学历低？越讲越大声，还听不听课了？我忍了又忍，你们太过分了。"

说着说着，她就哭了。

台下顿时鸦雀无声，大部分人一脸茫然，不知道发生了什么。

女老师就发狠了！她恨恨地说："我现在就开始点名，人没到的，这学期肯定不及格。谁再讲悄悄话，就给我出去。"

她接着讲课，台下的学生面面相觑，不敢再放肆了。

别的同学不知底细，都当成是一个老师的偶然发飙。我恰好知道来龙去脉。

就在女老师发飙前的一个星期，我跟比较熟的Z同学，去拜访了她的先生。

Z同学对人生很有规划，还没有到大三就开始积极准备着考研究生。女老师的先生是我们院里的硕士生导师。Z一个人去副教授家里拜访有点儿心慌，就拉上我壮胆。

去之前，Z做了大量的功课，充分发挥了一个法学学生的搜集资料能力。

很多年以前，有一对年轻男女，他们是中专同学。读完了中专之后两个人一起进了一个外省小镇的卫生院工作。

他们结为夫妇，在单位上班。

乡镇卫生院的生活，平静又平淡，地方虽然小，人际关系和日常的纠葛却不少。像他们这样的个性，与周围的环境格格不入。

年轻的丈夫是个非常爱学习的人，喜欢读书，他渴望外面的世界，不想把青春荒废在小地方，不想一生就这样度过。

于是他一边上班，一边自学，通过自考拿到了名校本科文凭，又考上了全日制的硕士。要知道那所大学的法学院，在全国排名第三，是响当当的百年老字号。

在这个求学过程中，他的太太也从一名中专生，逐步考上跟他同一所学校的硕士。

他和妻子一起到了我就读的大学任教，同时他还在读博士。

说到这里大家应该都明白了，他的太太就是那位女老师。

他们夫妻的青春经历其实是感人的逆袭故事。

英雄不问出处，她先生的学术成就特别牛，论文在本行业权威的《法学研究》发表，后来去了名校当教授博导。她自己也已经是部委高校的教师，可是她心中，始终放不下中专生这个昔日身份。

"中专生"像一粒"苍耳子"，长满自卑的倒钩，挂在她心间，以至于上课时被触动爆发，忍不住哭了。

其实那些猴子一般顽劣的同学，在别的老师课堂上也是如此，连我们法学院院长的课，都有人翘课去看世界杯球赛。除了我和Z同学，绝大多数人根本不知道她和丈夫早年是中专生。

后来，她的情绪平复下来，继续给我们讲课。

当然了，她生气时放的话，并没有真的去做。她仍然是一个负责并且认真的老师。

当时的她，才三十来岁。

我只是个坐在教室里的十八岁年轻人。恰好我知道他们的故事，可惜，我那时还年少，没有直接去劝慰劝慰老师。

如今，我也已经近四十岁，体会过人世间的种种繁复矛盾，我愿意告诉那些被苍耳刺痛的年轻人，这世界其实很有意思——每当你与外界格格不入，或者超越了身边的人，就难免迎来冷眼与嘲笑。还年轻的时候，难免会有激烈的反抗。甚至，这种刺痛，化为斗志与动力，令你凝聚力气，背水一战，促使你脱胎换骨，于千千万万人之中成为佼佼者。

可是，当你离开了小地方，来到了大城市，离开了庸庸碌碌琐碎的环境，来到了优秀的环境，明明没有人再来攻击你了，没有人诋毁你了，你却假想着，敌人还在对你发起攻击。

此乃心障。

当你证明了自己的杰出，证明了自己的卓越，接下来，你还需要接受自己的有限性，接受生命的缺憾。

从自卑，到自恋，再到放下自恋，这个时候，人生进入了第三重境界。与自己和解，重新拥有生命的坚定。

越走越远，天高地阔，那些可恶的"苍耳子"，你将不再搁于心上，一笑置之。你摘下心间的"苍耳子"，收集清洗，研磨化用，这还是一味可以济世助人的良药，回馈给岁月。

心中烦恼的沙子，会成为将来的珍珠

写给沈嘉柯：

见信好！

我不能叫你叔叔，因为你不乐意一个二十一岁的姑娘叫你叔叔，肯定的。我又不想叫你哥哥，太矫情。还是叫你老师吧，一字尚可为师，何况你的百万文字呢，必须是像百万雄师一样威武雄壮地影响了我的蒙昧思想啊。

我想写封信给你，希望你看到。我突然要给你写这些杂乱的文字，蛮奇怪。我最初知道你的名字是几年前看一些文摘杂志，可是那个时候的我只知道这是一个作家，只知道看着文字幻想将来，我那时还不知道这些文字里的某些意思是多么精准地描述了二十岁或者三十岁人群都曾有过的心理，而你给的建议回答又是多么及时。

我出生在湖北一个落后的地方，高中在一个镇上读完，整个高中我看的书少之又少。信息、交通的闭塞以及贫穷让我在应该看书、增长见识的年纪里变得比同龄很多人显得low（低级）很多，眼界不宽，知识面不广，道理不懂，甚至不会思考，不容易接受新事物……当然这也是我上大学后才知道的事实。

我今天听着你提过的歌《山丘》，注册了豆瓣，看了你的一些文字的介绍。从早上八点多开始，我一直在百度你的资料，看你的微博，看你的书在豆瓣里的书评，今天真是我的沈嘉柯日。

你知道有一种感觉吗？就是冬天行走在路上突然一滴水从树梢掉进了脖子。你的文字给我的感觉就是这样，像一滴水那样清楚地刺激到我的神经，清晰地透彻感知，缓缓地回暖明白。暑假我在武汉做家教，看你的微博，看你写的抱着动物入眠，看你说的汉口和光谷，我每天路过江汉路都在想到底哪一个是沈嘉柯。

昨天晚上你的新书签售会，我在黄石，其实离武汉很近，但因为周五满课，来不了，很想看看沈嘉柯长什么样子呢。看你微博说书在四川卖得最好，我今天就让成都的男朋友买一本给我，希望你的书在四川卖得更好。

我想跟你说说我的困惑。就好比我刚才说的，我今天才注册豆瓣，还是因为你说在哈工大送书的时候让人给你写书评，我才注册的，如果不是因为这样，我都不知道豆瓣可以分享书籍电影。我愿意通过更多的途径来开阔眼界，扩展知识面，可是我好像不知道怎么办，我该看什么书该怎么选择，我不知道的太多太多了，同宿舍的城区的同学知识面比我广，懂得比我多，人家在玩微信的时候我还在用QQ，人家用易信了我才开微信，人家看到的视频我都不知道，我总是觉得自己对时下热门不知道，总觉得自己懂的知道的太少太少。

可能你会觉得这些想法是不在城市长大的孩子想洗掉自己身上的某些印记，不想自己看上去很low很土鳖，也可能你会觉得我有点儿盲目崇拜城市，自己把自己的心病扩大了，可是我真的觉得挺扰人的，我总觉得自己接受新事物太慢，甚至我不知道新事物在哪儿，途径都不知道。

我好盼望你能指导一下我，告诉我该看什么书，想提高写作应该做哪些具体的事情，可是我也明白，这就好比一个不会穿衣搭配的人拼命问你怎么做才能看起来很潮，这种想法只能意会不能言传，言传只会显得更加low，要靠我自己去领悟去遇见去积累，道理我明白，可惜做不好。

如果你已经看到这里，真的真的很感谢你，愿意看我的絮絮叨叨。我也很喜欢文字，很想提高，好期望你百忙之中能够给我一些建议，告诉我哪些书值得看，怎么提高自己的文字功底。我生怕我没有说清楚我的意思，让你觉得我是一个没有灵性只会附庸的女孩子，我知道我不是这样的，盼望你能理解我的心意，我很感谢你。等我拿到新书看完了肯定给你写书评，希望你人生如意，新书大卖。

PS：我附上了些我写的文字给你看看，希望你不吝赐教，看看我哪方面有待提高。非常非常感谢！

祝好盼复。（读者：王玮）

答复：

收到你的来信，我觉得就像收到了一枚珍珠，连蚌壳一起。你在这个年纪的烦恼茫然，是你心脏中的沙子，正在被你的碳酸钙包围。

恭喜你，我是一个喜欢珍珠的人，而你已经像模像样，表达流畅，一看就明白。所以我决定打开它，取出来，洗干净，让珍珠闪光。

这个世界最有意思的地方，就是你会觉得自己low，就已经比很多人厉害了。

这种事情在庄子的故事里叫望洋兴叹。看见了大海，河神觉得自己挺渺小的。但是他至少已经是个河神了。中国的大学生的确多如牛毛。但是在整个国家里一比较，又没那么多了。

你说你是个来自小镇的年轻人，这不挺好的？你对世界抱有充分的好奇和渴望。但你又不至于从赤贫的家庭起步，被艰难困苦压倒心志，仇视整个世界，正好可以克制一点儿，又励志一点儿，迈开腿往前走。

你说自己眼界不宽，那就多见世面。林黛玉进贾府，生怕丢人，步步留神小心，注意观察。这一点，你可以学习林黛玉。等到跟府里的姐姐妹妹哥哥弟弟混熟悉了，也就见多识广不怕了。

你说自己知识面不广，那就多看好点儿的书。看书不怕杂，就怕傻。别书上说什么你就信什么，要正面看，反面理解，再琢磨琢磨。这一点可以多去外面实习，边看看活生生的人是怎么做事的，再对照书里看，是不是对的。

你说这些道理不懂，甚至不会思考，这个我就不同意了。你在信里写的这些，说明你就在思考，而且我还感觉到你挺懂道理的。

那么多人给我写信，但是让我有兴趣去正儿八经地回复的，没有几个。大概是因为你真的是我的读者，我能够感觉出来，你所提到的地方，我的文字，都没错，我可以相信。而不像有些小朋友伪装成我的读者，浮夸地赞美我几句，就急急忙忙来问我怎么写稿怎么发表，虽然你也问了这些问题。

当然，我不打算指导你怎么写稿。因为你的来信，加上我的回信，就可以构成一篇完整的文章了。功夫在诗外，自己琢磨去。

你说你不容易接受新鲜事物，新兴事物本来就没有那么容易被接受。接受不了，就旁观；想明白了，尝试看看。

1999年，我第一次听我的同学说以后给他写电邮，在大学阅览室花了几个小时，才搞明白是怎么回事。2001年，我的室友第一次看见我手里的奥林巴斯数码照相机，也摸索了半天。

你觉得大城市的人在很多方面高于自己，这是对的。人生的资源本来就是积累来的，而且不是一代人，是几代人。

就是这一点让大城市残酷又可爱，真正的大城市只认钱和权力，然后一代一代不断更替淘汰。在城市这种天性势利的地方混到要晒户口本，基本上离被淘汰就不远了。

而你，本科毕业，按照国家政策，在二三线大城市找到一份工作，基本上就可以留下，买房定居。你人生的前二十年也许辛苦一点儿，作为女孩子，也许会有一个男生跟你一起奋斗。我认识特别多的这样的例子。

而你的见识、心智和能力，会在你跟别人竞争中习得，深深地习得。这些东西，是学校教不了你的。

对了，世界上根本就不存在什么提高写作能力的办法。

我只知道，我大学时候练笔写了十几个厚厚的本子，然后，我在中央大报和文学名刊发表文章变得轻而易举。

没有什么深奥具体的秘诀教给你，答案其实就是五个字——你别怕辛苦。

今天的你，心中烦恼的沙子，会成为将来的珍珠。

身披星光，一路向前

第五章

我曾骑在单车上

做事的地方与居住地距离很远。每天大清早赶着时间，在公交车定点上下，还必须步行两公里，慢腾腾穿越一条车流量极大的路口，心惊胆战地抵达目的地。路上的人来往，开车的开车，显然这个时候，单车就发挥着优势，灵活迅速穿过。

大约是十岁或十一岁学单车。我记得很清楚，上车才不久，就撞到一根电线杆子。面对面最亲密的接触，一阵昏黑迷糊后，额头那股子轰隆疼痛，水一样大面积泼下来，刻骨又铭心。从此再不碰单车。

到中国人网站的同学录去，遇到了旧日的同学，她还曾是我的邻居。从前我们时常一起玩耍，交情不错。我将她加为聊天的对象。久别后重新连上线，大大小小的芝麻绿豆都回忆起来。我感叹又抱怨，到现在还不会骑单车，没公交车就只好虐待自己的两个人肉轮子。那边发来一个惊讶的表情符号："不是吧，我明明记得你很会骑单车的啊！"她说她记得很清楚，那天，骑得还真不赖，又快又稳，连她叫了我的名字，我都没察觉，风一样。

我简直怀疑她在编故事。我说："不是吧，你记错了吧？""怎么可能，当时还有另外一个班上的女生跟我一起逛街呢？我还记得我跟旁边的人说，人瘦得猴子似的，骑车这么快，真滑稽。哈，不好意思，当时就是这样想的。"

我记得我不行，不会骑单车，怎么就不记得自己还骑得很不错？努力回忆，好像有那么一点儿印象。记忆怎么出现这样大的错误？成年后多次想重新学，心里那个念头盘踞着：我就是不会，骑不好的，算了。那恶狠狠一撞现在还隐约生疼，结果到现在，我不得不常常虐待自己的两个"人肉轮子"。

忍不住翻看了心理学方面的解释，我找到了答案。比如一个投资，可能赚十万，也可能赔十万，你是投，还是不投？我们更害怕亏的痛苦，所以勇敢投资的人总是少数。很多事情根本不是没那个能力，而是选择性记住了失败的痛苦，时间一长，记忆淡化，就更加否定自己。

如果是这样，那么，当我告诉自己不行的时候，我真的是从来就不行吗？其实不是的。不要再被不可靠的记忆给唬住，克服掉你的这个心理障碍，就能找回信心。

哪怕是成年后，也常常要面对这样的修行难关。

前些年我去办个人社保的补缴。辞掉杂志主编的工作以后，我转为自由职业，自己全力去写作，于是，我的社保就断交了。我打算放弃。后来，父母苦苦劝道，还是去续费吧！既然现在不缺这个钱。劝了我三年，我终于鼓舞斗志答应了。

我在生活中，是个特别不愿意跟人打交道办事的内向患者。

我先在家里百度了大半天本地社保中心的地址，粮道街？这街在哪儿？25中学对面？对面多少米，一百米，还是两百米？办社保的要我交滞纳金吗？社保的人会躲在一个小窗口里冰冷冷不搭理我吗？会是那种一脸厌弃的大叔大妈脸的工作人员吗？

想起这些我几乎崩溃了。

不行，我必须克服文艺工作者的毛病。我强力鼓舞勇气，冲去那一站，下车了沿着巷子走了不到五分钟，找到了社保中心。排队了片刻，中心开门，冲进去上二楼，咦？居然是银行叫票系统，拿着一张排序小纸条，等了两分钟，走过去，出示身份证，"哗啦啪啪"，开放式窗口的男工作人员迅速打印出一张表格给我，叫我去邮局开户存够钱，完事。

我风风火火走出去，心里充满了轻松和庆幸，这一次办事，嗨，也太简单了吧！

这种类型的事情，还包括必须提分手，必须提辞职，必须……当我诚恳地说出我想我们还是不合适，坦承我的真实想法，我分了手，没有所谓的纠缠不休和哭闹。当我跟昔日上司直白地提出了，我还是想要离开我的第一份工作，尽管那工作我一毕业就开始做，整整四年。因为我必须出去看看外面的世界，更广阔的世界。上司没为难我，反倒说如果转一圈想回来，我们欢迎你回来。

不管上司是否出于礼貌客套这样说，我浑身轻松地离职了。在提辞职前，我备受煎熬反复想过成百上千的问题。会不会找不到工作？会不会在外面饿死？会不会很丢脸？会不会被为难不给我办理手续？会不会……

结果没想象的复杂可怕。

基于想象力做出的判断，永远只是猜测。像面庞大而可怕的墙壁，甚至那墙壁还在自己长高加厚，但事实上，那面墙压根没堵在我要去的方向。

当我态度坚决地去做一件事情的时候，结果不会比我想象的困难。总是要去面对，总是要去做的。嗯，就这样我成为了一个鼓励自己的行动主义者。遇到麻烦事情一方面要批评，一方面还是要去试试看。

童年、少年、青年，直至中年，人生就是这么回事。大事小事，都有所顿悟。这是我人生里学习到的顶顶重要的经验之一。

心理学里把事前的想象纠结，叫"反事实思维"。当脑袋里犹豫纠结十万个"如果"，我就畏惧了，害怕了，被无穷无尽的想象所压服。那是多么高大厚重的墙壁啊，倒下来绝对压死人。可那是想象之墙。真实的情况，和想象的会不一样。再多的如果，也需要去实践去检验。

直至暮年，我们将学会于寂静中坦然面对生命的来去，归于大地。

不辜负现在的人生，才是对自己最大的尊重

读者"皮卡丘"来信说："父母希望我考本地的学校，这样离家近点儿，能常回家看看，还希望我将来大学毕业后，就在家附近找对象结婚。他们把我的人生都规划好了。可我比较向往大城市有竞争和发展的生活，我想考大城市的大学，北京上海广州等地的，却被父母反对，不知道怎么办，感觉和父母无法沟通了，我和父母的想法截然相反，现在很懊恼。我该怎么劝说我的父母？"

我想告诉这位读者的是，沟通并不是万能的。你现在说出来的这种情况，应该去做更多的独立工作，努力让自己获得话语权。

日常生活当中，我们总是觉得说服了对方就能解决问题，其实不是这样的。人们总是相信自己看到的东西，相信自己所想的结论。通常情况下，人们会因为两种东西，而假装接受了你的观点看法，第一种是爱，第二种是利益。

其实爱也是利益的其中一种，情感的价值，也是一种利益。只不过这个大白话很多人难以接受。人与人之间的关系，以亲人血缘关系最为复杂捆绑。子女和父母之间的亲情和利益，混在一起。

父母希望你能够就近读书，以后嫁得离家近，能够常回家看看，这就是利益的考量。这样有利于他们得到子女的照顾和养老。

但是他们这个态度，容易伤害到你的利益。比如离家近的地方，可能就是一些小城市。小城市的男孩发展可能有限，见识也有限，往往还心理稚嫩，本事不大，大男子主义很强。家庭暴力打老婆不尊重女性，非常普遍。

当然大城市男人也会大男子主义，但相对会好一点儿，就像五十步和一百步的关系。

对于你自己来说，你也很向往大城市，有竞争有发展的机会。这是你的利益考量。

不要试图用口头语言来说服父母，因为没有什么用。你们的心态位置都不对等，不存在有效的沟通。

父母年纪比你大，更加倾向于只看实际的东西。比如你和你的男朋友能够在大城市生活得更好，工资越来越多，职位越升越高。那个时候你会成为他们的光荣与骄傲。

在小城市，人际关系当中的竞争压力，并不比大城市小。父母和父母之间，时时刻刻都在攀比。自己家小孩，找什么工作，嫁什么人，住在什么城市，房子有多大有几套，都是攀比对象。如果你不能让父母攀比成功，他们就会承受不如他人的压力和痛苦。

你希望父母做出牺牲，承受远离子女的损失，那你就要给他们足够的补偿。

你希望他们不再管你，不干涉你的选择自由，那你首先得自己强大起来。

暂时说服不了父母的情况下，你可以保持一定程度的疏远，这是你追求个人发展个人选择的代价。

弱者总是幻想说服他人，强者就是自己说了算，别人听不听，随便。

而沟通这件事，只存在于势均力敌的平等双方之间。

从你的来信看，你表现出来的就是一个弱者的姿态。你特别在乎他们的反对，他们的否定。父母当然把你当成小孩子，当成附属品，当成经济能力很弱的需要照顾的对象。

你给不了他们安全感，也给不了他们未来衰老以后的依赖。他们当然会选择控制你，干涉你，指导你。

每个人都有自己的位置角度和利益立场，我们没有必要去管什么观点对错。因为观点是相对的，不是绝对的。

你自己的痛苦，才是绝对真实的。同样，你父母的痛苦，也是绝对的。让自己变得聪明优秀，心态健康独立，你才能够挑选到更好的伴侣，你才能获得更好的收入和发展，获得更多的自由。那时候，你能给父母足够的照顾和关怀，给他们经济支撑，给他们安全感。

当亲朋好友对你的父母充满了嫉妒羡慕，羡慕嫉妒他们有一个强大的好女儿的时候，你不用去说服自己的父母，他们都会对你态度软化，认真对待你的意见，更加尊重你的想法。

而具体的操作就是，考大学，就选大城市的。如果他们在经济上不支持你，你要知道，大学里有丰富的奖学金，有助学贷款，有勤工俭学。独立自主不是一句空话，也不是天上掉下来的，需要靠自己去争取。

你想做的事情，由你自己决定

我在心理学刊物工作时，夜间接听心理热线，遇到一件很典型的事情。阿虹是个十来岁的女孩，家住报社大院，自从楼上的邻居家孩子开始学钢琴，还拿到了本市比赛二等奖，阿虹妈妈就无法冷静了，带着她去参加门口的音乐培训班，学费花了不少。后来阿虹妈妈遇到楼上的大人，听到对方问，你孩子学得怎么样？

阿虹妈妈逼着阿虹练了半年，仍然只能断断续续弹出一些音符时，她特别沮丧失望，回家训了阿虹几次，说孩子怎么就那么笨。她给心理热线打了几次电话，在记录本上，几次她都不停抱怨自己白费了钱，浪费时间，抱怨阿虹学习慢，反应迟钝，怎么办？不久之后，阿虹得了严重肺炎。

此后，阿虹基本上丧失了学习乐器的兴趣，看见相关的培训机构就绕着走。

我询问阿虹妈妈，和邻居另外还有什么往来吗？阿虹妈妈几乎是下意识地讲出，有一天，对方瞧一眼她的戒指，说，怎么不买大一点儿的石头呢！你们报社的人收入高，我看见你先生单位的那个同事，选的就是一克拉的。

当时我提醒阿虹妈妈，也许你孩子生病不是偶然的。后来，她试着去了解孩子生病的真正原因，再度打来电话，告知阿虹居然是自己淋冷水洗澡，感冒了，这样就不必再去学钢琴了。

在这类事件里，孩子变成了大人的炫耀品，扮演的是名牌包、钻石戒指一样的奢侈品角色。别人孩子弹钢琴得奖，我的孩子毫无艺术细胞。大人在金钱攀比中的失落，就转嫁给了孩子，意图拿孩子来挽回尊严。

其实，孩子是可以感知到，家长逼着自己飞快出成绩，是另有原因的。但处于家庭弱势的孩子，不敢直接反抗，只能变相逃避。如果逃无可逃，就只能采用伤害自己的办法。

身体、智商上这样的比较教育，单就心理上看，也隐藏着两重伤害。

第一重是对孩子本身的全面否定。从学钢琴的失败或者长得不够好看，扩大化到对孩子本身的指责，认为孩子就是笨，就是丑。这会使得孩子自尊心受挫，进而怀疑自己是否样样都不如人。

第二重的伤害更加深刻。这种伤害，是家庭当中的权力控制，把孩子当作一件实现大人目的的道具。

阿虹的妈妈，用她的行为向孩子阐释了一个非常负面的逻辑，孩子只有满足大人的期望，才是有价值的。这是对孩子伤害更加深的层次。

在学钢琴的"经验"当中，孩子所习得的是，原来，至亲的妈妈，并不是无条件爱着她。如果她不能满足妈妈的心理需求，她就得痛苦地忍受妈妈的发泄。信任被破坏之后，带来的失望，会是严重的心理阴影。

如果家长和孩子不能意识到这一点，那么她们就会在以后的人生中，形成自我怀疑的心理模式，不断重复这样的伤害。

童年时代、少年时期的频繁被比较、被打击的创伤，渐渐在青年时期会变成固定的思维模式。巴甫洛夫说过一句很有意思的话："暗示乃是人类最简单、最典型的条件反射。"

比如许哲，他是个考生，致信给我主持的专栏，说他特别烦恼，父亲总在亲戚朋友面前贬低他，搞得亲戚朋友们老是喜欢对他说教……许哲脑海里常常回想：自己真的有这么不堪吗？

当许哲被说教、被指责不行时，他会很主动地配合这种思路，把自己和他人做比较。这个时候别的考上好大学的同学，充当了反面衬托的作用。

一个人的自信往往通过长期的鼓励，以及实际生活中取得的成功经历而加以确认的。长期贬低和攻击，除了损害价值观的建立，还会形成根深蒂固的心理暗示。

可以想象，不只是许哲，大部分遭受这种比较伤害的孩子，在今后的人生当中，如果工作上遇到老板的指责，生活中遇到伴侣的指责，他就会下意识地产生联想，对自己进行消极的心理暗示。

不过需要说明的是，与消极暗示对应的积极暗示，并不是简单的"每天告诉自己你很棒""你就是会成功"，积极暗示不等于盲目自信。

消极心理暗示有一种造成"恶性循环"的魔力，在一个人的身上形成恶性循环的模式。反正自己不行，那还努力什么呢？反正不如他人，那就敷衍应付吧！对于许哲来说，从小到大被贬低，他不只"受伤"了，而且会带着这种"伤"，一直觉得痛苦。这需要后期付出很大的努力，进行自我重建，纠正认知来改善改进。

人始终是社会化的高级动物，是在群体之中生活的。这涉及教育当中最重要的一个问题，到底该不该拿孩子做比较？

美国心理学家罗森塔尔做过一个很有名的实验，他发现，大人的信任和期望，以及对待学生的态度，其实是影响孩子学习成果的一个非常重要的因素。

可想而知，任何人被拿来做比较的时候，都很不舒服，个体千差万别。但是比较和被比较，又是难以避免的。

比是大脑固有程序，不比才是消极心理策略。没有社会比较，如何回答"我是谁"？几百万年来哺乳动物的脑发育，恰恰在于社会比较，好坏优劣关乎到个体的生存威胁。

所以，比较是人的社会报警系统，岂能闲置呢？学会善于比较才是个人成长的关键。

最重要的是，我们应该合情合理地正确比较，以校正定位。而不是夹带了"攻击发泄""转嫁伤害"的伤害性比较。

那么，什么是肯定性的正面比较？

"孩子你看，某个同学或校友或师兄，在某一领域很出色"，家长告诉孩子，"看，别人是多么优秀，但是我相信你也可以的，怎么样，要不要试试看？"

人都是逼出来的

　　每年我都会收到很多朋友的新作，但收到一个朋友黄同学的书时，想起他本人的趣事遭遇。

　　这事从黄同学嘴巴里听到的时候，把我狠狠地给逗乐了。据黄同学说，郭敬明来汉出席"武汉移动长江大讲坛"，由于他当时的书获得了一个文学奖，所以得以让时任该奖的评委郭敬明在获奖证书上签名。

　　在签名环节，主持人让黄同学背诵了自己的文章段落，并让郭敬明点评，郭敬明当着全场观众的面，肯定了他的写作底子。

　　被肯定的黄同学油然而生一种想加入郭敬明团队的念头，开口向郭敬明提了出来，不料郭敬明瞟了一眼黄同学，推托说，讲座结束后再说，于是黄同学只好等讲座结束。

　　讲座结束，黄同学跟着郭敬明进入后台。一路上，他都被郭敬明的助理们牢牢地挡在外围，好不容易跟着这拨人走到电梯口，他发现心里越来越没有底了，因为一路上郭敬明都沉着脸，一脸冷酷，跟旁边的助理吩咐着什么，让他不好插话。郭敬明走入电梯后，黄同学觉得自己如果再不说点儿什么，就来不及了。

结果，他刚一开口，郭敬明的助理就按下了电梯关闭按钮，把他挡在了电梯外，留给他的最后一幕，是郭敬明同学那高贵冷艳的脸庞。黄同学的心，一片冰凉。

显而易见，他被"拒之门外"了。这对于一个文学新人而言，还是挺让人惶恐的。因为黄同学几乎把所有的希望，都放在了郭敬明身上。

后来，黄同学辗转联系到郭敬明手下的编辑，问她郭总对他还有没有印象。那编辑问，你是美少年吗？黄同学愣了愣，回了一句："不是，我的脸有点儿宽。"编辑打了一个"呵呵"，然后说："我们郭总可是很挑剔的，宽脸什么的，在他的审美观里可是不及格哦！"黄同学备受打击。

想想郭同学，这么多年来因为身高问题备受调戏，到了他自己有本事选人的时候，还是挺"多年媳妇熬成婆"的。

关于梦想这个东西，其实韩寒同学的电影里那句话说得挺对，"小孩子才分对错，成年人只看利弊"。

黄同学还是靠自己出书了，而且卖得不错。

当你不被看好的时候，你唯一能做的，只能是继续前行，因为如果这个时候你放弃了，就活该让人不看好了。

不过，不管是小孩子还是成年人，对错利弊之外，总有一些东西是个人的选择与坚持。

我在一本杂志做主编的时候，曾经有作者犹豫要不要和郭敬明的公司签约，看不清利弊，就来问我。我说，签呀，为什么不签呢？但是那几位同学忧心的是，签约条件还是挺苛刻的，而且什么都得听公司的。

我记得我是这么说的，野生动物吃饭不容易，但自由。家养动物有保障，但不自由。两全其美这种事，此事古难全。除非你自己就是老板，那时候你又要愁生意项目好不好了。

人生之路有两种，择大门走险路，过窄门而宽途。换句话说就是，你选了捷径，你会发现捷径背后各种险峻斗争。你选了一条看似更加艰难的路，走下去却未必差，甚至更加宽阔，并且你的人生自己可以做主，这条路也完全属于你自己。

黄同学的故事，也很像另外一个我喜欢的文学故事。

金庸在《倚天屠龙记》里写张三丰离开少林寺，郭襄介绍他去投靠自己的父亲郭靖。但张三丰走到半路上，忽然醒悟。

我在这儿，干脆引用给大家。

郭襄道："张兄弟，少林寺僧众尚自放你不过，你诸多小心在意。咱们便此别过，后会有期。"

张君宝垂泪道："郭姑娘，你到哪里去？我又到哪里去？"

郭襄听他问自己到哪里，心中一酸，说道："我天涯海角，行踪无定，自己也不知道到哪里去。张兄弟，你年纪小，又无江湖上的阅历。少林寺的僧众正在四处追捕于你，这样吧。"

从腕上褪下一只金丝镯儿，递给他，道："你拿这镯儿到襄阳去见爹爹妈妈，他们必能善待于你。只要在我爹妈跟前，少林寺的僧众再狠，也不能来难为你。"

张君宝含泪接了镯儿。

郭襄又道："我爹爹最喜欢少年英雄，见你这等人才，说不定会收了你做徒儿。我弟弟忠厚老实，一定跟你很说得来。只是我姊姊脾气大些，一个不对，说话便不给人留脸面，但你只须顺着她些儿，也就是了。"

后来，半路上，张君宝看见了一对农家夫妇在吵架。

但听那妇人说道："你一个男子汉大丈夫，不能自立门户，却去依傍姐姐和姐夫，没来由地自己讨这场羞辱。咱们又不是少了手脚，自己干活儿自己吃饭，青菜萝卜，粗茶淡饭，何等逍遥自在？偏是你全身没根硬骨头，当真枉为生于世间了。"那男子"嗯、嗯"数声。

那妇人又道："常言道得好：除死无大事。难道非依靠别人不可？"那男子给妻子这一顿数说，不敢回一句嘴，一张脸涨得猪肝也似的成了紫酱之色。

那妇人这番话，句句都打进了张君宝心里："你一个男子汉大丈夫，不能自立门户……没来由地自己讨这场羞辱……常言道得好，除死无大事，难道非依靠别人不可？"

张君宝又想："郭姑娘说道，她姊姊脾气不好，说话不留情面，要我顺着她些儿。我好好一个男子汉，又何必向人低声下气，委曲求全？"

于是他自己练功，没有去投靠郭靖。

一位承先启后、继往开来的大宗师，就此诞生。张君宝，就是后来的武当掌门张三丰。

你看，干吗老想着抱别人的大腿？好好吃苦努力，让自己成为名家，更有尊严。

人生如此，就因为我们受限，反而激发斗志，更有技巧。这是一种进化。人世间有各种规则，包括潜规则。但我们可以见识残酷，抵达光明的心。

人生是道多选题

晚上去电影院看电影。检票进场，朝着2号放映厅走去，我伸手拉门，一瞬间，我顿时蹦了一下，倒退几步，吓了一大跳。然后我才反应过来，我被静电电到了。也是，干燥的冬天，电影院又铺着吸音的厚厚地毯，这些最容易产生静电。想想也情有可原。

与此同时，那个年轻男生跑过来，问我不要紧吧！他是电影院的工作人员，看起来二十岁左右。这个男生安慰我说："没办法，我们自己也被电，我每天都被电好多次。"

我笑了，被他逗乐了。我说是吗？他要来给我开门，不过我已经拉长自己的袖子，隔着金属扶手，拉开门进去。

看完电影出来后，我还在琢磨这事。

天天被电，怎么就没想点儿办法解决呢？可以包一条布带，防接触触电。也可以打印一张字条，提醒观众们注意扶手，小心静电。或者至少，可以反映给上头，让上头找技术人员处理。

显然这些办法都没诞生。所以我在这个夜晚触电了，照我看来，这个男生跟他的同事，还得触电好多次。像我这样意外被电的观众，还会前仆后继。

我决定下次去那家电影院的时候，告诉他们我这个意见。

然而，在想过这些问题的时候，我一点儿也没有批评那个年轻男生的意思。在回家的出租车上，我反倒笑了。触电事小，成长事大。很多人很多事，跟那个年轻男孩没什么两样，遇到事情一根筋，硬生生就这么扛了。但这个世界上的绝大多数事，都是多选题。同样的事情，你要是多一个选项，就好说话了。

当年我工作的公司里，有个美术设计的女孩，她做的印刷品，搞错了一个广告数字。没办法，造成了公司的损失，只有认罚。但数额不小，她的工资也没多少，这事认真处罚下来，她就要卷铺盖走人，还要赔一笔钱。

女同事在办公室哭得稀里哗啦后，我那老总板着脸教训了许久。其他同事都准备跟她说再见。

最坏的结果，就是她举债赔偿走人。但一个年轻女孩，一下子搞得声名狼藉麻烦无穷。

而公司呢，其实也损失了声誉，走了个专业人士，还得重新招聘。

多一种处理方式可选，这事看上去就没那么糟糕不幸了。谁能不犯错呢！每个月都扣钱抵偿，再迟钝的人也要高度警惕了。至少人保住了工作。那女孩当时边哭边说，就没有不赶我走的办法吗？

怎么没有，有的。最后的处理办法却是，部门的人开了个小会，决定不赶她走，继续留着干，每个月工资的一半拿来抵偿损失。以后的工作，自己加倍小心谨慎，按程序反复检查。

如果能够提供更多的选项，就会越有利于解决问题，有利于做事，有利于维护个人利益，越能表现出色。

你还有没有更多解决的办法？要把这种习惯养成，就像条件反射一样，你能够提供很多个选项，总能够找到更好的方式解决问题。不管是拯救自己的饭碗，还是谋取更加进步的空间。

这就是你在工作当中的价值所在，也是你自身能力和知识面的体现。

身披星光，一路向前

好的改变，从你愿意爱自己开始

我的前同事阿布，是个很典型的豪迈女汉子，毕业于本地一所工业大学。

她女汉子到什么程度，请大家听我慢慢说。别的女孩穿五颜六色高跟鞋或者文艺范的球鞋，她最爱某品牌的户外运动鞋，最常穿的还是那种褐色皮革打造的登山鞋。别的女孩穿着各种款式的漂亮衣服，她常穿的衣服是黑色或灰色的外套，再配一条牛仔裤。我们在一个公司上班的时候，她二十八岁。

当时她留的是短发，不打扮不化妆，个子也不高，像搞艺术的男生。

我这个人一贯不怎么喜欢干涉他人的私生活，所以在别的女同事拼命劝说她女孩子应该爱自己、多打扮打扮的时候，我只是旁听，从来不附和。

不过有时她们的对话太搞笑了。

我们的女上司，是个有品位的职业女性，平时极看不惯阿布的言谈举止，说她完全没有女人味，这以后怎么嫁得出去。

真是下属不急上司急。

女上司甚至亲自出马，先从走路开始改变。办公室的地板是整整齐齐的方块瓷砖，女上司指着瓷砖的直线说，阿布，你给我过来，两只脚的步子，都必须踩在一根直线上。

阿布试了一下，女上司纠正她：来回走，多走几遍，想象自己是个模特，想象自己是一只猫，看过猫走路吗？左右交错踩猫步。

我就盯着女汉子阿布左右迈步，极其扭捏，特别不自然。

走了几个来回，阿布就崩溃了，哎哟，太累人了，我还是歇着吧！她坐回她的椅子了。

每当阿布打扮成背包客的样子出现在公司时，女同事们就会拼命数落她。后来她们直接拖着阿布去商场精品店，从职业装到淑女装。最后，她们自己买了一堆东西，阿布却完全提不起兴趣。

阿布仍然顽固地站在跑鞋、运动裤、水壶和帐篷柜台前眼睛发亮。好吧，大家对她绝望了，彻底放弃。

一年后，阿布恋爱了。

像男生一样大大咧咧的阿布，恋爱了！我们惊讶无比，纷纷询问她情况。都说爱情的力量是伟大的，大家相信这次的恋爱一定可以改变阿布。

一天，阿布去见对方的家长，结果可想而知——阿布短暂的感情结束了。

半年过去，阿布继续去相亲。但大家认为，阿布已经没有机会和动力改变了。

后来的一天，我们忽然看见阿布穿上了漂亮的靴子和连衣裙。阿布秀给我们看。我们又惊又喜。

我们很好奇，让她交代，是什么力量令她这个女汉子居然脱胎换骨了。阿布叹气说，自己每天总是加班到很晚才下班，平时都没好好生活。我应该对自己好一点。

人生这样辛苦，一直过得那么粗糙，还被别人挑剔，她觉得是时候改变自己了，于是去买了一身漂亮衣服。

这就是答案。

渐渐地她变成了一个外表有女人味的女人，头发留长了，偶尔用一用化妆品。但是她的性格没变，还是那么爽朗。

后来她结婚了，嫁给了一个医生。阿布没有那种娇滴滴的小性子，日子过得安稳、幸福。

其实人很难被外界改变，除非自己愿意做出改变。如今的她，是一个聪明又温柔的母亲。一天，我看见她发朋友圈，分享了自己带孩子看医生的事情。

"今天带孩子去看牙，除了拔掉烂牙，对于迟迟不肯长出的门牙，牙医给出了建议：要让孩子吃硬的、难嚼的东西，要放手让他自己去啃自己去咬。忽然发现孩子几乎没啃过整个苹果，因为怕他误吃苹果核，所以我都是削好皮切成块让孩子吃。看似干净卫生，却剥夺了孩子最原始的本能。精细软烂的食物根本不需要啃咬，还要门牙何用？"

于是她改变了喂养方式，让孩子自己啃苹果，也会适当地给孩子啃咬一些硬的食物。

她愿意分享自己的生活，不正是爱自己、爱孩子、爱家庭的表现吗？发现生活的不完美，不如从改变自己开始，也从爱自己开始。

愿意爱自己的人，最终也一定会更好地爱家人。

为自己定一个明确的人生目标

从女同事的嘴里听到阿令的故事，当时我就震惊了。

具体情况是这么回事，阿令到外地工作，奔赴一家搞动漫产品的公司，除了一批工作人员，还有少数青年杰出漫画家跟公司在合作。问题是这些青年漫画家都相当散漫，人生啊工作啊，都不怎么有规划。于是就有了这样的一种搞法。这家公司开了底薪邀请漫画家们入驻，总之就是给了基本收入养着，平时漫画家就好好待在公司里画漫画。有一个环境氛围，画画工作也专心，完成任务了，爱怎么过怎么玩都不管。

阿令就是这种养起来的漫画家之一。从外地老家来到这个公司，过上了这种半上班的生活。

原本这种漫画家都是一年两年的合作，反正自由不受限制，作品又有固定东家接收，算是不错的生活方式。

身披星光，一路向前

第五章

　　结果不到半年，阿令提出离职。公司方面相当困惑，当然还是要问问原因，是怎么了？有哪方面不满意？还是在本地生活有问题？阿令报出一个非常正常又非常惊讶的结果。

　　他结婚了，要回老家办婚礼，以及回老家过日子去。

　　什么？一直都只看见他独来独往出入公司啊？

　　真相紧接着水落石出，公司另外一个年轻的妹妹，并且长得有点儿漂亮的女孩，也请辞了。原来他们两个已经偷偷摸摸交往了两个来月。其他同事纷纷表示惊叹。

　　有人问阿令什么时候开始勾搭上那位美女的，阿令很客气地回答，就是慢慢地，有时候聊漫画认识的嘛！

　　这样的人生好事，当然是成全加祝福，公司同意更改合约，放他走人。阿令携带着他的老婆，成双成对，夫妻双双把家还。

　　一两周后，负责阿令交稿沟通的同事才爆出猛料。这小子啊，很早就听说这家公司年轻女孩多，并且多数是真正的美女，单身宅编无对象，所以他才毫不犹豫答应了过来这边成为签约漫画家。

　　所以，他最大的目的，就是找个老婆，"拐"个妹子回家去。从头到尾，这就是一个有预谋的跨省工作。锁定了猎捕对象的范围，又有共同话题可以搭讪，成功几率大大提高，同时早就探听清楚了公司女孩子的综合水准，水到渠成搞定老婆。

　　没有稳定工作，奔过三十岁大关，原本被认定还要继续孤家寡人的阿令，就这么解决了问题。达到目的后，他就立刻闪人了，轻重缓急分得很清楚。

　　就因为阿令目标坚定单一，就是以结婚为目的，所以人家女孩子也掂量掂量人生，当然还是嫁人重要，工作什么的，再找啊！跟他一道撤退了。这种花花心肠小算盘，算计人生幸福的私人阴谋，别人又怎么猜得懂呢!

唯有他自己心里最明白。

这个速战速决的故事，体现的唯一主题，就是直奔目的。自己的人生要什么，可要搞清楚。要自由自在丁克不婚，那就赚钱独立，不必顺从他人的安排，自己的人生自己有资格说了算。

要找对象要结婚要生孩子要快活幸福要过小日子，那就别绕弯子，像漫画家那样直奔目的地。

后记

魂器

魂器

现在回头去看小时候迷恋的所有故事，最开始吸引我的，都是情节精彩、故事热烈的类型。

可是，讲故事的人，包括我这个写作的人，都是别有企图的。

故事讲完了，你看得很爽快了，过了一些时间，怎么好像"咯噔"一下，在你心里留下了什么。

看过《国家地理》杂志，我向往远方，向往沙漠和撒哈拉沙漠的夜空。我想当个摄影家，于是买了单反，到处练习构图。我不断翻阅中外摄影大师的经典作品，甚至还专门跑到省艺术馆，观摩欧洲新浪潮导演代表的摄影系列展。

后来，我自己写了很多短篇小说。有读者跑到小说里的大学去读书，有读者寻找小说里失踪的男主角。还有的读者，模仿我写的故事情节，向喜欢的人告白。

我们，在你这个容器里，留下了我们的一部分灵魂——我们创作者的体验、经历、悲喜。

你必须成为我们的魂器，一路辛苦修炼，你才能够将来剔除掉或融化我们，锻炼培育出自己的灵魂，在容器里主要装载自己的灵魂。

在J.K.罗琳的魔幻小说里，哈利·波特之所以成为独一无二的哈利·波特，正因为他是伏地魔的魂器。他的灵魂一部分，就是伏地魔。

某种意义上说，伏地魔，是哈利·波特全面成长的引子。

爱、破坏、恐惧、职责、死亡，都是我们自身的一部分。你有所领悟了没？如果有，你在这一刻，就成了我的魂器。

我今日之文字，刺激你，灌输你，教化你，攻击你，诱惑你，感动你，是为了未来，在你成长后，让你剔除我，融化我，尽皆化成你自己。

你好，我的魂器，我衷心祝你早日剔除或融化我的那一部分灵魂。